下

Leïla Slimani

All das zu verlieren

Roman

Aus dem Französischen
von Amelie Thoma

Büchergilde Gutenberg

Lizenzausgabe für die Mitglieder
der Büchergilde Gutenberg Verlagsges. mbH,
Frankfurt am Main, Zürich, Wien
www.buechergilde.de
Mit freundlicher Genehmigung
des Luchterhand Literaturverlags, München

Die französische Originalausgabe erschien 2015
unter dem Titel »Dans le jardin de l'ogre«
bei Éditions Gallimard, Paris.

Textstellen von Milan Kundera aus
»Die unerträgliche Leichtigkeit des Seins«.
Aus dem Tschechischen von Susanna Roth.
© Carl Hanser Verlag, München Wien, 1984.
Zit. nach Fischer Taschenbuch Verlag,
Frankfurt a. M., 1987.

Copyright © 2015 Éditions Gallimard, Paris
Copyright © der deutschen Ausgabe
2019 Luchterhand Literaturverlag
in der Verlagsgruppe Random House GmbH, München

Satz: Uhl + Massopust, Aalen
Druck und Bindung: CPI books GmbH, Leck
Printed in Germany 2019
ISBN 978-3-7632-7143-6

Für meine Eltern

»Nein, das bin ich nicht, das leidet jemand anderes.
Ich könnte das so nicht.«

ANNA ACHMATOWA, *Requiem*

»Schwindel ist etwas anderes als Angst vor dem Fall. Schwindel bedeutet, daß uns die Tiefe anzieht und lockt, sie weckt in uns die Sehnsucht nach dem Fall, eine Sehnsucht, gegen die wir uns dann erschrocken wehren. […] Man könnte auch sagen, Schwindel sei Trunkenheit durch Schwäche. Man ist sich seiner Schwäche bewußt und will sich nicht gegen sie wehren, sondern sich ihr hingeben. Man ist trunken von der eigenen Schwäche, man möchte noch schwächer sein, man möchte mitten auf einem Platz vor allen Augen hinfallen, man möchte unten, noch tiefer als unten sein.«

MILAN KUNDERA,
Die unerträgliche Leichtigkeit des Seins

Seit einer Woche hält sie durch. Eine Woche schon ist Adèle standhaft geblieben. Vernünftig. In vier Tagen ist sie zweiunddreißig Kilometer gerannt. Von Pigalle bis zu den Champs-Élysées, vom Musée d'Orsay bis nach Bercy. Morgens an den verlassenen Seineufern. Abends auf dem Boulevard Rochechouart und der Place de Clichy. Sie hat keinen Alkohol getrunken und ist früh ins Bett gegangen. Aber heute Nacht hat sie davon geträumt und konnte nicht mehr einschlafen. Ein lustvoller, endlos langer Traum, der wie ein heißer Lufthauch in sie eingedrungen ist. Seitdem kann Adèle an nichts anderes mehr denken. Sie steht auf und trinkt einen starken Kaffee. In der Wohnung ist es still. Allein in der Küche tritt sie von einem Fuß auf den anderen und raucht eine Zigarette. Unter der Dusche würde sie sich am liebsten die Fingernägel in die Haut bohren, sich entzweireißen. Sie schlägt die Stirn gegen die Wand. Sie will, dass man sie packt, dass ihr Kopf gegen die Scheibe prallt. Sobald sie die Augen schließt, hört sie die Geräusche: das Stöhnen, die Schreie, das Klatschen der Körper. Ein nackter, keuchender Mann, eine Frau, die kommt. Sie will nur ein Objekt inmitten einer Meute sein. Gefressen, ausgesaugt, mit Haut und Haar verschlungen werden. Sie will in die Brust gekniffen, in den Bauch gebissen werden. Sie will eine Puppe im Garten eines Ungeheuers sein.

Sie weckt niemanden auf. Im Dunkeln zieht sie sich an und sagt nicht Auf Wiedersehen. Sie ist zu nervös, um wem auch immer zuzulächeln und ein morgendliches Gespräch zu beginnen. Adèle verlässt die Wohnung und läuft durch die leeren Straßen. Mit gesenktem Kopf geht sie die Stufen zur Métrostation Jules Joffrin hinunter. Ihr ist übel. Auf dem Bahnsteig rennt eine Maus über ihre Stiefelspitze und lässt sie zusammenfahren. Im Waggon der Métro sieht Adèle sich um. Ein Mann in einem billigen Anzug beobachtet sie. Seine Schuhe sind ungeputzt, seine Hände behaart. Er ist hässlich. Er könnte der Richtige sein. Genauso wie der Student, der seine Freundin umschlungen hält und ihr Küsse auf den Hals drückt. Genauso wie der Fünfzigjährige, der an die Scheibe gelehnt dasteht und liest, ohne zu ihr aufzusehen.

Auf dem Platz ihr gegenüber liegt eine Zeitung vom Vortag. Sie nimmt sie und blättert darin. Die Überschriften verschwimmen vor ihren Augen, sie kann sich nicht konzentrieren. Entnervt legt sie die Zeitung weg. Sie muss hier raus. Ihr Herz rast, sie bekommt keine Luft mehr. Adèle bindet ihren Schal auf, lässt ihn über ihren schweißnassen Hals gleiten und legt ihn auf den leeren Sitz neben sich. Sie steht auf, öffnet ihren Mantel. Mit zitternden Beinen verharrt sie an der Tür, die Hand am Griff, bereit zu springen.

Sie hat das Telefon vergessen. Sie setzt sich wieder, wühlt in ihrer Handtasche, lässt eine Puderdose fallen, fischt

einen BH-Träger heraus, in dem sich ihre Kopfhörer verheddert haben. Wie unvorsichtig, denkt sie. Sie kann das Handy auf gar keinen Fall vergessen haben. Wenn, dann muss sie wieder nach Hause fahren, eine Ausrede erfinden, sich irgendwas überlegen. Aber nein, da ist es. Es war die ganze Zeit da, sie hat es nur nicht gesehen. Sie räumt die Sachen wieder ein. Sie hat das Gefühl, dass alle sie anschauen. Dass der ganze Wagen sich über ihre Panik lustig macht, ihre glühend roten Wangen. Sie öffnet das kleine Klapphandy und lacht, als sie den ersten Namen sieht.
Adam.
Jetzt ist ohnehin nichts mehr zu retten.
Ihr Verlangen lässt sie rückfällig werden. Der Damm ist gebrochen. Was nützt es da noch, sich weiter zusammenzureißen. Davon wird das Leben nicht besser. Ihre Logik ist jetzt die einer Opiumsüchtigen, einer Spielerin. Sie ist so zufrieden, der Versuchung ein paar Tage widerstanden zu haben, dass sie deren Gefahren längst vergessen hat. Sie erhebt sich, zieht an dem klebrigen Hebel, die Tür geht auf.
Métrostation Madeleine.
Sie kämpft sich durch die Menge am Bahnsteig, die wie eine Woge auf sie zurollt, um sich in die Waggons zu ergießen. Adèle sucht den Ausgang. Boulevard des Capucines. Sie beginnt zu rennen. *Mach, dass er da ist, mach, dass er da ist.* Vor den Schaufenstern der Kaufhäuser überlegt sie, es sein zu lassen. Sie könnte hier wieder in die Métro steigen, die Linie 9 würde sie direkt ins Büro bringen, pünktlich zur Redaktionssitzung. Sie umkreist den Eingang zur Métro, zündet sich eine Zigarette an. Sie hält die Handtasche fest an sich gedrückt. Eine rumänische Diebesbande

hat sie erspäht. Die Frauen kommen auf sie zu, jede ein großes Tuch um den Kopf geschlungen, einen Bettelzettel in der Hand. Adèle beschleunigt ihren Schritt. Wie in Trance biegt sie in die Rue La Fayette ein, geht in die falsche Richtung, kehrt wieder um. Rue Bleue. Sie gibt den Türcode ein und betritt das Gebäude, stürmt die Treppe in den zweiten Stock hoch und klopft an die schwere Tür.

»Adèle…« Adam lächelt, die Augen vom Schlaf verquollen. Er ist nackt.

»Sag nichts.« Adèle zieht ihren Mantel aus und stürzt sich auf ihn. »Bitte.«

»Du hättest anrufen können… Es ist noch nicht mal acht…«

Adèle ist bereits nackt. Sie zerkratzt seinen Hals, zieht ihn an den Haaren. Er schert sich nicht darum und wird geil. Er stößt sie von sich weg, ohrfeigt sie. Sie ergreift seinen Penis. An die Wand gestützt, spürt sie, wie er in sie eindringt. Die Beklemmung verfliegt. Sie empfindet wieder etwas. Ihr Herz wird leichter, ihr Geist leer. Sie umklammert Adams Pobacken, drängt den Körper des Mannes zu heftigen, brutalen, immer schnelleren Bewegungen. Sie versucht, irgendwohin zu kommen, ein wütendes Verlangen packt sie. »Fester, fester«, schreit sie.

Sie kennt diesen Körper, und das stört sie. Es ist zu einfach, zu mechanisch. Ihr überraschendes Auftauchen genügt nicht, um dem Sex mit Adam noch einen Kick zu geben. Ihre Bewegungen sind weder sonderlich obszön noch sonderlich zärtlich. Sie legt Adams Hände auf ihre Brüste, versucht zu vergessen, dass er es ist. Sie schließt die Augen und stellt sich vor, dass er sie zwingt.

Er ist schon ganz woanders. Sein Kiefer verkrampft sich. Er dreht sie um. Wie jedes Mal legt er seine rechte Hand auf Adèles Kopf, drückt ihn nach unten, packt mit der linken Hand ihre Hüfte. Er stößt heftig zu, stöhnt, kommt. Adam lässt sich gerne von seiner Lust übermannen. Adèle zieht sich wieder an und dreht ihm dabei den Rücken zu. Sie schämt sich, wenn er sie nackt sieht.

»Ich komme zu spät zur Arbeit. Ich ruf dich an.«

»Wie du willst«, antwortet Adam. Er lehnt an der Küchentür und raucht eine Zigarette. Mit einer Hand berührt er das Präservativ, das von der Spitze seines Penis baumelt. Adèle vermeidet es, ihn anzusehen.

»Ich kann meinen Schal nicht finden. Hast du ihn irgendwo gesehen? Ein grauer Kaschmirschal, ich hänge sehr daran.«

»Ich suche ihn. Ich gebe ihn dir nächstes Mal.«

Adèle setzt eine unbeteiligte Miene auf. Jetzt bloß nicht den Eindruck erwecken, man würde sich schuldig fühlen. Sie durchquert das Großraumbüro, als käme sie von einer Zigarettenpause, lächelt den Kollegen zu und setzt sich an ihren Schreibtisch. Cyril streckt den Kopf aus seinem Glaskäfig. Seine Stimme wird übertönt vom Klackern der Tastaturen, von Telefongesprächen, Druckern, die Artikel ausspucken, Unterhaltungen an der Kaffeemaschine. Er brüllt zu ihr herüber.

»Adèle, es ist fast zehn Uhr.«

»Ich hatte noch einen Termin.«

»Na und! Du hast noch zwei Artikel abzugeben, ich scheiß auf deine Termine. Ich will alles in zwei Stunden sehen.«

»Du bekommst deine Texte. Ich bin fast fertig. Nach dem Mittagessen, okay?«

»Jetzt reicht's aber, Adèle! Wir können nicht ständig auf dich warten. Schon mal was von einem Redaktionsschluss gehört, verdammt noch mal?«

Fuchtelnd lässt Cyril sich wieder in seinen Sessel fallen. Adèle schaltet ihren Computer an und stützt den Kopf in die Hände. Sie hat keine Ahnung, was sie schreiben soll. Sie hätte sich niemals darauf einlassen sollen, diesen Artikel über die gesellschaftlichen Spannungen in Tunesien zu verfassen. Sie fragt sich, was sie dazu getrieben hat, sich in der Redaktionssitzung dafür zu melden. Sie müsste jetzt zum Telefonhörer greifen. Ihre Kontakte vor Ort anrufen. Fragen stellen, Informationen abgleichen, ihre Quellen zum Reden bringen. Sie müsste Lust zum Schreiben haben, ordentliche Arbeit abliefern wollen, an die journalistische Sorgfalt glauben, mit der Cyril ihnen ständig in den Ohren liegt, ausgerechnet er, der für eine höhere Auflage jederzeit seine Seele verkaufen würde. Sie müsste an ihrem Schreibtisch zu Mittag essen, das Headset auf den Ohren, die Finger auf der verkrümelten Tastatur. An einem Sandwich nagen, während sie darauf wartet, dass irgendein vor Selbstgefälligkeit platzender Pressereferent sich zurückmeldet und von ihr verlangt, den Text vorab zu lesen.

Adèle mag ihren Beruf nicht. Sie hasst die Vorstellung, dass sie arbeiten muss, um davon zu leben. Sie wollte immer nur eins: beachtet werden. Sie hat versucht, Schauspielerin zu werden. Als sie nach Paris kam, hat sie sich zu Kursen angemeldet, in denen sie sich als mittelmäßige Schülerin entpuppte. Man sagte ihr, sie habe zwar schöne Augen und etwas Geheimnisvolles.»Aber um Schauspielerin zu werden, muss man loslassen können, Mademoiselle.« Lange hat sie zu Hause gesessen und darauf gewartet, dass ihre Träume sich erfüllen. Nichts ist so gekommen, wie sie es sich vorgestellt hatte.

Sie wäre so gerne die Ehefrau eines reichen Mannes,

der nie da ist. Zum großen Missfallen all der aufgebrachten Horden berufstätiger Frauen um sie herum hätte sie ihre Tage gern in einem großen Haus vertrödelt und sich mit nichts anderem beschäftigt, als schön zu sein, wenn ihr Gatte heimkam. Sie fand es herrlich, für ihr Talent, Männer zu unterhalten, bezahlt zu werden.

Ihr Mann verdient gut. Seit er als Gastroenterologe im Hôpital Georges-Pompidou arbeitet, hat er ständig Bereitschaftsdienst oder muss Kollegen vertreten. Sie machen oft Urlaub und haben eine große Wohnung im »schönen 18. Arrondissement«. Adèle ist eine verwöhnte Frau, und ihr Mann ist stolz darauf, wie unabhängig sie ist. Sie findet, dass das nicht genügt. Dass dieses Leben klein und erbärmlich ist, ohne jeden Glanz. Ihr Geld riecht nach Arbeit, nach Schweiß und den langen Nächten im Krankenhaus. Es schmeckt nach Vorwürfen und schlechter Laune. Es erlaubt ihr weder Müßiggang noch Dekadenz.

Adèle ist über Beziehungen zur Zeitung gekommen. Richard ist mit dem Sohn des Herausgebers befreundet und hat ihm von ihr erzählt. Sie hat das nicht gestört. Alle machen es so. Am Anfang wollte sie gut sein. Die Vorstellung, ihrem Chef zu gefallen, ihn mit ihrer Effektivität und ihrer Cleverness zu überraschen, spornte sie an. Sie war unverfroren, voller Elan, bekam Interviews, von denen keiner in der Redaktion zu träumen wagte. Dann ging ihr auf, dass Cyril ein Aufschneider war, dass er noch nie ein Buch gelesen hatte und ihr Talent überhaupt nicht beurteilen konnte. Sie begann ihre Kollegen zu verachten, die jeglichen Ehrgeiz verloren hatten und ihren Frust im Alkohol ertränkten. Und am Ende verachtete sie ihre Arbeit, das Büro, diesen Bildschirm, dieses ganze idiotische Getue. Sie hasst es, zehnmal irgendwelche Minister anzurufen, die sie abwimmeln, um ihr schließlich ein paar Sätze hinzuwerfen, so hohl wie langweilig. Es ist ihr peinlich, sich mit honigsüßer Stimme bei einer Pressesprecherin einzuschmeicheln. Ihr geht es bei dem Job nur um die Freiheit, die sie als Journalistin genießt. Sie verdient schlecht, aber sie kommt in der Welt herum. Sie kann verschwinden, geheime Treffen vortäuschen, muss sich nicht rechtfertigen.

Adèle ruft niemanden an. Sie öffnet eine neue Datei, bereit zu schreiben. Sie erfindet Aussagen von anonymen Informanten, den besten, die sie kennt. »Eine der Regierung nahestehende Quelle«, »ein enger Vertrauter«. Sie findet einen guten Einstieg, streut hier und da etwas Witziges ein, um den Leser abzulenken, der noch immer glaubt, er würde hier Fakten bekommen. Sie liest ein paar Artikel zum Thema, fasst sie zusammen, macht Copy-and-paste. Es kostet sie keine Stunde.

»Dein Text, Cyril!«, ruft sie und zieht ihren Mantel an. »Ich gehe mittagessen. Wir sprechen darüber, wenn ich wieder da bin.«

Die Straße ist grau, wie erstarrt vor Kälte. Die Mienen der Passanten sind angespannt, ihre Gesichter aschfahl. Adèle würde am liebsten nach Hause gehen und sich ins Bett legen. Der Clochard vor dem Monoprix hat mehr getrunken als sonst. Er schläft ausgestreckt auf einem Lüftungsschacht. Seine Hose ist heruntergerutscht, man sieht seinen Rücken und seinen verkrusteten Hintern. Adèle und ihre Kollegen betreten eine Brasserie mit schmuddeligem

Fußboden, und wie jedes Mal sagt Bertrand etwas zu laut: »Wir wollten doch nicht mehr herkommen, der Besitzer ist beim Front National.«

Aber sie kommen trotzdem wieder, wegen des Kamins, und weil Preis und Leistung stimmen. Damit ihr nicht langweilig wird, bemüht Adèle sich, das Gespräch in Gang zu halten. Sie erzählt, wärmt alten Tratsch auf, fragt die Kollegen nach ihren Weihnachtsplänen. Der Kellner kommt und nimmt die Bestellung auf. Als er fragt, was sie trinken wollen, schlägt Adèle Wein vor. Die anderen wiegen zögernd die Köpfe, zieren sich, meinen, das sei nicht nötig, sie hätten kein Geld. »Ich lade euch ein«, verkündet Adèle, deren Konto überzogen ist und der noch nie ein Kollege auch nur ein Glas spendiert hat. Das ist ihr egal. Heute sagt sie mal, wo's langgeht. Heute gibt sie einen aus, und nach einem Glas Saint-Estèphe, eingehüllt in den Duft des Holzfeuers, hat sie das Gefühl, dass die anderen sie mögen und ihr dankbar sind.

Es ist fünfzehn Uhr dreißig, als sie das Lokal verlassen. Sie sind ein bisschen schläfrig vom Wein, dem zu üppigen Essen und dem Kaminfeuer, nach dem ihre Mäntel und Haare riechen. Adèle hakt Laurent unter, dessen Schreibtisch direkt an ihren grenzt. Er ist groß, dünn, und mit seinen billigen falschen Zähnen sieht er, wenn er lächelt, aus wie ein Pferd.

In dem Großraumbüro arbeitet keiner. Die Journalisten dämmern an ihren Bildschirmen vor sich hin. Ein paar diskutieren im hinteren Teil des Raumes. Bertrand neckt eine Praktikantin, die sich leichtsinnigerweise wie ein Starlet aus den Fünfzigerjahren kleidet. Auf den Fenstersimsen stehen Champagnerflaschen kalt. Alle warten darauf, dass sie sich endlich, weit weg von ihrer Familie und ihren richtigen Freunden, betrinken dürfen. Der Weihnachtsumtrunk ist eine Institution in der Redaktion. Eine programmierte Ausschweifung, bei der es darum geht, es so weit wie möglich zu treiben, und den Kollegen, mit denen man am nächsten Tag wieder einen ganz professionellen Umgang pflegen wird, sein wahres Wesen zu offenbaren.

Niemand weiß, dass die Feier im Vorjahr für Adèle ein paar Höhepunkte bereitgehalten hat. In nur einer Nacht hat sie eine sexuelle Fantasie ausgelebt und jegliche beruflichen Ambitionen verloren. Im Besprechungszimmer der Chefredaktion, auf dem langen, schwarz lackierten Holztisch, hat sie mit Cyril geschlafen. Sie haben viel getrunken. Sie hat den ganzen Abend in seiner Nähe verbracht, hat über seine Witze gelacht und ihm, wann immer sie einen Moment allein waren, schüchterne, butterweiche Blicke zugeworfen. Sie hat so getan, als würde er sie zugleich furchtbar beeindrucken und unwiderstehlich anziehen. Er hat ihr erzählt, was er über sie dachte, als er sie das erste Mal gesehen hat.

»Ich fand dich so zerbrechlich, so scheu und wohlerzogen...«

»Ein bisschen verklemmt, meinst du?«

»Ja, vielleicht.«

Sie ist mit der Zunge über ihre Lippen gefahren, blitzschnell, wie eine kleine Eidechse. Das hat ihn völlig verwirrt. Das Büro hat sich geleert, und während die anderen die verstreuten Becher und Kippen wegräumten, sind sie hoch in den Konferenzraum gegangen. Sie haben sich aufeinandergestürzt. Adèle hat Cyrils Hemd aufgeknöpft. Cyril, den sie so schön fand, solange er nur ihr Chef und für sie in gewisser Weise tabu war. Aber hier, auf dem schwarz lackierten Tisch, erwies er sich als schmerbäuchig und ungeschickt. »Ich hab zu viel getrunken«, brachte er als Entschuldigung für seinen mäßigen Ständer vor. Er hat sich an den Tisch gelehnt, ist mit der Hand durch Adèles Haar gefahren und hat ihren Kopf zwischen seine Schenkel gedrückt. Seinen Penis im Rachen, kämpfte sie gegen den Brechreiz an und gegen den Drang zuzubeißen.

Dabei hatte sie ihn begehrt. Jeden Morgen war sie zeitig aufgestanden, um sich hübsch zu machen, ein neues Kleid auszuwählen, in der Hoffnung, er werde es bemerken und ihr, wenn er einen guten Tag hatte, vielleicht sogar ein kleines Kompliment machen. Sie gab ihre Artikel überpünktlich ab, schlug Reportagen am Ende der Welt vor, kam immer nur mit Lösungen in sein Büro, nie mit Problemen, all das in dem einzigen Bestreben, ihm zu gefallen.

Wozu sollte sie sich jetzt noch bemühen? Jetzt, da sie ihn gehabt hatte?

Heute Abend hält Adèle sich auf Distanz zu Cyril. Bestimmt denkt er daran, aber ihr Verhältnis ist extrem abgekühlt. Sie fand die idiotischen SMS unerträglich, die er ihr an den folgenden Tagen geschickt hatte. Als er ihr schüchtern vorschlug, mal zusammen Abend essen zu gehen, hat sie nur mit den Schultern gezuckt. »Wozu, ich bin verheiratet und du auch. Wir würden einander nur wehtun, meinst du nicht?«

Heute Abend hat Adèle nicht vor, das falsche Ziel zu wählen. Sie scherzt mit Bertrand, der sie zum x-ten Mal mit einer detaillierten Beschreibung seiner japanischen Manga-Sammlung anödet. Seine Augen sind gerötet, sicher hat er gerade einen Joint geraucht, und sein Atem ist noch saurer als sonst. Adèle schlägt sich wacker. Sie tut so, als würde sie die fette Dokumentarin ertragen, die sich ausnahmsweise mal ein Lachen erlaubt, obwohl sonst nur Röcheln und Seufzer aus ihrem Mund kommen. Adèle läuft sich langsam warm. Der Champagner fließt in Strömen, dank eines Politikers, dem Cyril ein lobendes Porträt auf der Titelseite der Zeitung verschafft hat. Sie hält es nicht mehr aus. Sie fühlt sich schön und hasst die Vorstellung, dass ihre Schönheit umsonst, ihre Fröhlichkeit zu nichts nütze sein soll.

»Ihr wollt doch nicht schon nach Hause? Lasst uns noch irgendwo hingehen! Los…«, fleht sie Laurent an, mit glänzenden Augen und so voller Begeisterung, dass es grausam wäre, ihr was auch immer abzuschlagen.

»Jungs, habt ihr Lust?«, fragt Laurent die drei Kollegen, mit denen er sich gerade unterhält.

Im Dämmerlicht, blasslila Wolken vor dem Fenster, betrachtet Adèle den nackten Mann. Er hat das Gesicht im Kopfkissen vergraben und schläft befriedigt. Er könnte genauso gut tot sein, wie diese Insekten, die beim Koitus sterben.

Adèle steht auf, die Arme vor den bloßen Brüsten überkreuzt. Sie zieht das Laken über den schlafenden Körper, der sich zusammenrollt, um sich zu wärmen. Sie hat ihn nicht nach seinem Alter gefragt. Seine glatte und weiche Haut lässt vermuten, dass er jünger ist, als er behauptet hat. Er hat kurze Beine und einen Frauenhintern.

Kaltes Morgenlicht fällt in das unaufgeräumte Zimmer. Adèle zieht sich an. Sie hätte nicht mit ihm mitgehen sollen. In dem Moment, als er seine schlaffen Lippen auf ihre gedrückt und sie geküsst hat, war ihr sofort klar, dass sie sich getäuscht hatte. Er würde ihr keine Erfüllung bringen. Sie hätte abhauen sollen. Irgendeine Entschuldigung vorbringen, um nicht in diese Mansarde hochzusteigen. Sie hätte sagen müssen: »Wir haben uns doch schon bestens amüsiert, oder?« Sie hätte die Bar ohne ein Wort verlassen sollen, hätte diesen Armen, die sie umschlangen, diesem glasigen Blick, diesem schweren Atem widerstehen sollen.

Sie hat es nicht über sich gebracht.

Sie sind die Treppe hochgetorkelt. Mit jeder Stufe schwand der Zauber, wich ihr freudiger Rausch der Übelkeit. Er begann sich auszuziehen. Ihr Herz krampfte sich zusammen angesichts der Banalität eines Reißverschlusses, der Trostlosigkeit eines Paars Socken, der plumpen Gesten eines betrunkenen Jungen. Sie hätte am liebsten gesagt: »Hör auf, sei still, ich hab keine Lust mehr.« Aber sie konnte nicht mehr zurück.

Seine haarlose Brust über sich, blieb ihr nichts anderes übrig, als schnell zu machen, zu simulieren, extra laut zu schreien, damit er zufrieden war und es zu Ende brachte. Hat er überhaupt bemerkt, dass sie die Augen geschlossen hatte? Sie zugekniffen hat, als ekelte sein Anblick sie, als dächte sie schon an die nächsten Männer, die echten, die guten, die sie endlich richtig anpacken würden.

Leise zieht sie die Wohnungstür zu. Im Treppenhaus zündet sie sich eine Zigarette an. Noch drei Züge, dann wird sie ihren Mann anrufen.

»Habe ich dich geweckt?«

Sie sagt, sie hätte bei ihrer Freundin Lauren geschlafen, die nur ein paar Schritte von der Zeitung entfernt wohnt. Sie fragt, wie es ihrem Sohn geht. »Ja, es war ein netter Abend«, schließt sie. Vor dem angelaufenen Spiegel in der Eingangshalle fährt sie sich übers Gesicht und sieht sich beim Lügen zu.

In der leeren Straße hört sie ihre eigenen Schritte. Ihr entfährt ein Schrei, als ein Mann sie anrempelt, der an ihr vorbeirennt, um seinen Bus noch zu erwischen. Sie geht zu Fuß nach Hause, um Zeit zu gewinnen; damit sie sicher sein kann, dass sie eine leere Wohnung vorfindet, in der niemand ihr Fragen stellt. Die Kopfhörer auf den Ohren, taucht sie in der eisigen Stadt unter.

Richard hat das Frühstück abgedeckt. Die schmutzigen Tassen stehen in der Spüle, ein Marmeladenbrot klebt noch auf dem Teller. Adèle setzt sich auf das Ledersofa. Sie zieht ihren Mantel nicht aus, hält die Handtasche vor dem Bauch umklammert. Sie rührt sich nicht. Der Tag beginnt erst, wenn sie geduscht haben wird. Wenn sie ihre Bluse, die nach kaltem Zigarettenrauch stinkt, gewaschen haben wird. Wenn sie die Augenringe unter dem Make-up versteckt hat. Jetzt ruht sie sich erst mal in ihrem Dreck aus, in der Schwebe zwischen zwei Welten, Herrin des gegenwärtigen Moments. Die Gefahr ist vorbei. Es gibt nichts mehr zu befürchten.

Adèle kommt mit abgespanntem Gesicht und trockenem Mund in die Redaktion. Sie hat seit dem Vorabend nichts gegessen. Sie braucht irgendwas im Magen, um die Traurigkeit und Übelkeit zu vertreiben. In der schlechtesten Bäckerei des Viertels hat sie ein staubtrockenes Pain au chocolat gekauft. Sie nimmt einen Bissen, aber es fällt ihr schwer zu kauen. Sie würde sich am liebsten auf der Toilette zusammenrollen und schlafen. Sie ist müde, und sie schämt sich.

»Und, Adèle? Schon wieder fit?«

Bertrand beugt sich über ihren Schreibtisch und wirft ihr einen verschwörerischen Blick zu, den sie ignoriert. Sie schmeißt das Pain au chocolat in den Papierkorb. Sie hat Durst.

»Du warst richtig in Fahrt gestern Abend. Hast du keine Kopfschmerzen?«

»Es geht, danke. Ich brauch bloß einen Kaffee.«

»Wenn du einen über den Durst getrunken hast, bist du kaum wiederzuerkennen. Du kommst immer daher wie die Prinzessin auf der Erbse, mit ihrem kleinen wohlbehüteten Leben. Aber in Wahrheit bist du eine echt wilde Partymaus.«

»Hör auf.«
»Du hast uns richtig zum Lachen gebracht. Und was für eine Tänzerin!«
»Ist gut, Bertrand, ich muss jetzt mal was arbeiten.«
»Klar, ich hab auch einen riesigen Berg zu tun. Ich hab so gut wie nicht geschlafen. Bin völlig alle.«
»Na dann, viel Erfolg.«
»Ich hab gestern gar nicht mitbekommen, wann du gegangen bist. Und, hast du den Bubi abgeschleppt? Hast du dir seinen Namen notiert, oder war das nur so nebenbei?«
»Und du, notierst du dir die Namen der Nutten, die du mit aufs Zimmer nimmst, wenn du in Kinshasa auf Dienstreise bist?«
»Ist ja schon gut! War doch nur ein Spaß. Sagt dein Mann nichts, wenn du um vier Uhr morgens sturzbetrunken nach Hause kommst? Stellt er keine Fragen? Meine Frau würde das schon …«
»Halt den Mund!«, unterbricht Adèle ihn. Mit flachem Atem und knallroten Wangen nähert sie ihr Gesicht dem von Bertrand. »Sprich nie wieder über meinen Mann, hast du verstanden?«
Bertrand hebt abwehrend die Hände und weicht zurück.

Adèle ärgert sich, dass sie so leichtsinnig war. Sie hätte niemals tanzen und sich so zugänglich zeigen sollen. Sie hätte sich niemals auf Laurents Schoß setzen und mit meckernder Stimme, völlig blau, einen düsteren Schwank aus ihrer Kindheit zum Besten geben sollen. Sie haben sie an der Bar mit dem Jungen rummachen sehen. Sie haben es gesehen, und sie verurteilen sie nicht. Viel schlimmer: Sie werden jetzt einen auf vertraulich machen, werden sich mit ihr verbrüdern wollen. Sie werden mit ihr darüber lachen wollen. Die Männer werden denken, dass sie ein kleines Luder ist, allzeit bereit und leicht zu haben. Die Frauen werden sie als Vamp betrachten, die nachsichtigeren werden sagen, sie sei schwach. Sie alle liegen falsch.

Richard hat vorgeschlagen, am Samstag ans Meer zu fahren. »Lass uns früh los, Lucien kann im Auto schlafen.« Adèle ist im Morgengrauen aufgestanden, um ihren Mann nicht zu verärgern, der Staus vermeiden möchte. Sie packt die Taschen, zieht ihren Sohn an. Das Wetter ist kalt, aber schön, ein Tag, der die Lebensgeister weckt, der jede Lethargie vertreibt. Adèle ist fröhlich. Im Auto plaudert sie sogar, ermuntert von der strahlenden Wintersonne.

Sie kommen pünktlich zum Mittagessen an. Halb Paris besetzt die beheizten Terrassen, aber Richard war so klug zu reservieren. Der Herr Doktor Robinson überlässt nichts dem Zufall. Er braucht die Karte nicht zu lesen, um zu wissen, was er möchte. Er bestellt Weißwein, Austern, Wellhornschnecken und drei Seezungen nach Müllerinart.

»So was sollten wir jede Woche machen! Die frische Luft für Lucien, ein romantisches Diner für uns, perfekt, oder? Das tut mir dermaßen gut. Nach der Woche im Krankenhaus … Ich hab dir noch gar nicht erzählt, dass Jean-Pierre, der Chefarzt, mich gefragt hat, ob ich nicht die Behandlung von Meunier übernehmen möchte. Natürlich habe ich Ja gesagt. Das war er mir schuldig. Wie auch immer, die Zeit im Krankenhaus liegt bald hinter mir. Es kommt mir vor, als würde ich euch nie sehen, den Kleinen und dich, und die Klinik in Lisieux hat mich wieder kontaktiert, sie warten nur auf grünes Licht von mir. Ich habe einen Termin wegen des Hauses in Vimoutiers gemacht. Das schauen wir uns während der Ferien bei meinen Eltern an. Mama war schon dort, sie sagt, es sei perfekt.«

Adèle hat zu viel getrunken. Ihre Lider sind schwer. Sie lächelt Richard an. Sie beißt sich auf die Backen, um ihm nicht ins Wort zu fallen und das Gesprächsthema zu wechseln. Lucien wird unruhig, er beginnt sich zu langweilen. Er kippelt mit seinem Stuhl, angelt sich ein Messer, das Richard ihm wieder wegnimmt, dann wirft er den Salzstreuer, den er aufgeschraubt hat, über den Tisch. »Stopp, Lucien!«, befiehlt Adèle.

Der Kleine langt in den Teller und zerquetscht eine Karotte. Er lacht.

Adèle wischt die Hand ihres Sohnes sauber. »Lass uns zahlen. Du siehst ja, dass er nicht mehr stillhalten kann.«

Richard schenkt sich noch ein Glas ein.

»Du hast mir noch nicht gesagt, was du von der Sache mit dem Haus hältst. Ich will kein weiteres Jahr im Krankenhaus bleiben. Paris ist nichts für mich. Und du hast auch gesagt, dass du dich bei der Zeitung zu Tode langweilst.«

Adèles Augen sind auf Lucien gerichtet, der Wasser mit Pfefferminzsirup in den Mund nimmt und auf den Tisch spuckt.

»Richard, sag doch was!«, schreit Adèle.

»Was ist los mit dir? Bist du verrückt geworden? Alle

starren uns an«, antwortet Richard, der sie verblüfft ansieht.

»Entschuldige. Ich bin müde.«

»Kannst du nicht einfach mal einen schönen Moment genießen? Du machst alles kaputt.«

»Entschuldige«, wiederholt Adèle, während sie die Papiertischdecke säubert. »Ich weiß schon: Der Kleine langweilt sich. Er braucht Auslauf, das ist alles. Er sollte ein Geschwisterchen haben und einen großen Garten zum Spielen.«

Richard lächelt versöhnlich.

»Was hältst du von dem Haus? Es gefällt dir doch, oder? Ich hab sofort an dich gedacht, als ich es gesehen habe. Ich will, dass wir unser Leben ändern. Ich will, dass wir überhaupt ein verdammtes Leben haben, verstehst du?«

Richard nimmt seinen Sohn auf den Schoß und streichelt ihm über die Haare. Lucien ähnelt seinem Vater. Die gleichen feinen blonden Haare, derselbe süße, mandelförmige Mund. Sie lachen viel zusammen. Richard vergöttert seinen Sohn, Adèle fragt sich, ob die beiden sie wirklich brauchen. Ob sie nicht zu zweit glücklich sein könnten.

Sie sieht sie an und begreift, dass ihr Leben von nun an so sein wird. Sie wird sich um die Kinder kümmern, sich darum sorgen, was sie essen. Sie wird dort Ferien machen, wo es ihnen gefällt, wird an den Wochenenden versuchen, sie zu beschäftigen. Wie sämtliche Spießbürger dieser Welt wird sie sie vom Gitarrenunterricht abholen, sie ins Theater oder Kino und in die Schule fahren, wird sich um alles bemühen, was sie »nach oben bringt«. Adèle hofft, dass ihre Kinder ihr nicht ähneln werden.

Sie gehen ins Hotel und beziehen ein enges Zimmer in Form einer Schiffskajüte. Adèle mag diesen Ort nicht. Sie hat den Eindruck, dass die Wände sich bewegen und näher kommen, als würden sie sie im Schlaf langsam zerquetschen. Aber sie möchte schlafen. Sie verschließt die Fensterläden vor diesem schönen Tag, den man ausnutzen sollte, bringt Lucien zum Mittagsschlaf in sein Bettchen und legt sich ebenfalls hin. Sie hat kaum die Augen zugemacht, da hört sie Lucien rufen. Sie rührt sich nicht. Sie hat mehr Geduld als er, er wird irgendwann genug haben. Er haut gegen die Tür. Sie ahnt, dass er ins Bad gegangen ist. Er öffnet den Wasserhahn.

»Geh mit ihm spielen«, hört sie Richard sagen. »Der Arme, wir sind doch nur einen Tag hier. Ich habe zwei Nächte Bereitschaft hinter mir.«

Adèle steht auf, zieht Lucien wieder an und bringt ihn zu einem kleinen Spielplatz am Ende des Strandes. Er klettert auf den bunten Spielgeräten herum, rutscht unermüdlich. Adèle hat Angst, dass er von der hohen Plattform fällt, auf der die Kinder sich schubsen, und umkreist sie, bereit, ihn aufzufangen.

»Wollen wir wieder rein, Lucien?«

»Nein, Mama, noch nicht«, bestimmt ihr Sohn.

Der Spielplatz ist winzig. Lucien schnappt sich das Auto eines kleinen Jungen, der sofort zu weinen anfängt. »Gib ihm sein Spielzeug zurück. Los, komm, wir gehen zu Papa ins Hotel«, fleht sie und zieht ihn am Arm.

»Nein!«, schreit ihr Sohn und stürmt zu einer Schaukel, an der er sich fast den Kiefer bricht.

Adèle setzt sich auf eine Bank, steht wieder auf. »Wollen

wir zum Strand gehen?«, schlägt sie vor. Im Sand kann er sich nicht wehtun.

Adèle setzt sich an den eisigen Strand. Sie nimmt Lucien zwischen ihre Beine und beginnt ein Loch zu buddeln. »Wir graben so tief, bis wir auf Wasser stoßen.«
»Au ja, Wasser!«, ruft Lucien begeistert aus, entwindet sich ihr nach ein paar Minuten und rennt zu den großen Pfützen, die die zurückweichende Flut hinterlassen hat. Das Kind fällt hin, steht wieder auf und hüpft in den Matsch. »Lucien, komm zurück!«, schreit Adèle mit schriller Stimme. Der Kleine dreht sich um und sieht sie lachend an. Er hockt sich in den Pfuhl und taucht seine Arme ins Wasser. Adèle erhebt sich nicht. Sie ist wütend. Er wird patschnass werden, mitten im Dezember. Er wird sich erkälten, und sie wird sich noch mehr um ihn kümmern müssen, als sie es ohnehin schon tut. Es ärgert sie, wie dumm, wie unbedacht, wie egoistisch er ist. Sie überlegt, aufzustehen und Lucien mit Gewalt ins Hotel zu schleppen, wo sie Richard bitten wird, ihn heiß zu baden. Sie rührt sich nicht. Sie will ihn nicht tragen, er ist so schwer geworden und tritt sie fest mit seinen kräftigen Beinchen, wenn er sich wehrt. »Lucien, komm *sofort* her!«, schreit sie unter den verwunderten Blicken einer alten Dame.

Die blonde Frau hat einen schrecklichen Haarschnitt und trägt trotz der Jahreszeit Shorts. Sie nimmt Lucien bei der Hand und bringt ihn zu seiner Mutter zurück. Seine Jeans ist über den pummeligen Beinchen hochgerutscht, er ist vergnügt und ein wenig genierlich. Adèle sitzt immer noch, als die ältere Dame sie mit starkem englischen Akzent anspricht:

»Ich glaube, das Kerlchen hat Lust zu baden.«
»Danke«, gibt Adèle beschämt zurück. Sie würde sich am liebsten auf dem Sand ausstrecken, ihren Mantel über den Kopf ziehen und den Kampf aufgeben. Sie hat nicht mal mehr die Kraft, dieses Kind auszuschimpfen, das sie bibbernd und lächelnd ansieht.

Lucien ist eine Last, eine Verpflichtung, an die sie sich einfach nicht gewöhnen kann. Adèle könnte nicht sagen, wo im Knäuel ihrer Gefühle sich die Liebe zu ihrem Sohn verbirgt. Irgendwo zwischen der Panik, ihn anderen anvertrauen zu müssen, der Gereiztheit, wenn sie ihn anzieht, der Erschöpfung, wenn sie seinen störrischen Buggy eine Steigung hochschiebt. Sie hat keinen Zweifel daran, dass die Liebe da ist. Eine unbeholfene Liebe, Opfer des Alltags. Eine Liebe, die keine Zeit für sich findet.

Adèle hat Lucien aus demselben Grund bekommen, aus dem sie geheiratet hat. Um dazuzugehören und wie die andern zu sein. Indem sie Ehefrau und Mutter wurde, hat sie sich mit einer schützenden Aura der Achtbarkeit umgeben, die ihr keiner mehr nehmen kann. Sie hat sich einen Zufluchtsort für die angsterfüllten Abende geschaffen, einen bequemen Schlupfwinkel für die Tage der Ausschweifung.

Es gefiel ihr, schwanger zu sein.

Abgesehen von der Schlaflosigkeit und den schweren Beinen, etwas Rückenschmerzen und blutendem Zahnfleisch, hatte Adèle eine perfekte Schwangerschaft. Sie hörte auf zu rauchen, trank höchstens ein Glas Wein pro Monat, und dieses gesunde Leben erfüllte sie ganz und gar. Zum ersten Mal hatte sie das Gefühl, glücklich zu sein. Der spitze Bauch verlieh ihrem Kreuz einen anmutigen Bogen. Ihre Haut strahlte, und sie hatte sogar ihre Haare wachsen lassen, die sie seitlich hochgesteckt trug.

Sie war in der 37. Woche schwanger, und jede Schlafposition war mittlerweile unbequem geworden. An jenem Abend hat sie Richard gesagt, er solle ohne sie zu der Feier gehen. »Ich trinke sowieso keinen Alkohol, es ist heiß. Ich weiß wirklich nicht, was ich dort soll. Amüsier dich und mach dir keine Gedanken um mich.«

Sie hat sich hingelegt. Die Fensterläden waren offen, und sie konnte die Menschen durch die Balkontür auf der Straße herumlaufen sehen. Schließlich war sie es leid, sich hin und her zu wälzen, und ist wieder aufgestanden. Im Bad hat sie ihr Gesicht mit eiskaltem Wasser bespritzt und sich lange betrachtet. Sie hat den Blick auf ihren Bauch gesenkt, wieder zu ihrem Gesicht gehoben. »Ob ich jemals wieder die sein werde, die ich gewesen bin?« Sie nahm ihre Verwandlung überdeutlich wahr. Sie hätte nicht sagen können, ob es sie freute oder traurig stimmte. Doch sie wusste, dass etwas in ihr starb.

Sie hatte sich eingeredet, dass ein Kind sie heilen würde. Dass die Mutterschaft der einzige Ausweg aus ihrem Überdruss wäre, die einzige Lösung, um ihr die ewige Flucht nach vorne endgültig abzuschneiden. Sie hatte sich in die Schwangerschaft gestürzt, wie ein Patient in eine zwingend erforderliche Behandlung einwilligt. Sie hatte dieses Kind gemacht oder besser, es wurde ihr gemacht, ohne dass sie

Widerstand leistete, in der verrückten Hoffnung, es würde ihr Linderung bringen.

Ein Test war nicht nötig gewesen. Sie wusste es sofort, sagte es aber niemandem. Sie hütete ihr Geheimnis eifersüchtig. Als ihr Bauch sich wölbte, leugnete sie einfach weiter, dass ein Baby im Anmarsch war. Sie fürchtete, ihre Freunde und Bekannten würden mit der Banalität ihrer Reaktionen, der Trivialität ihrer Gesten, den Händen, die sie ausstreckten, um ihren Bauch zu berühren, alles kaputt machen. Sie fühlte sich allein, vor allem in Gegenwart von Männern, aber diese Einsamkeit bedrückte sie nicht.

Lucien wurde geboren. Sie fing bald wieder zu rauchen an. Und fast sofort mit dem Trinken. Das Kind durchkreuzte ihren Hang zur Bequemlichkeit. Zum ersten Mal im Leben sah sie sich gezwungen, sich um jemand anders als sich selbst zu kümmern. Sie liebte dieses Kind. Sie brachte dem Säugling eine körperliche, intensive und trotz allem unzureichende Liebe entgegen. Die Tage zu Hause erschienen ihr endlos. Manchmal ließ sie den Kleinen in seinem Zimmer weinen, legte sich ein Kissen auf den Kopf und versuchte zu schlafen. Sie schluchzte vor dem mit Brei verschmierten Hochstuhl, dem traurigen Baby, das nicht essen wollte.

Sie drückt ihn nur zu gerne nackt an sich, bevor sie ihn in die Badewanne setzt. Sie liebt es, ihn zu wiegen und zuzusehen, wie er, trunken von ihrer Zärtlichkeit, in den Schlaf sinkt. Seit er das Gitterbettchen gegen ein Kinderbett eingetauscht hat, schläft sie bei ihm. Sie verlässt lautlos das Ehebett und schlüpft zu ihrem Sohn unter die Decke, der sie brummend empfängt. Sie steckt die Nase in seine Haare, schnüffelt an seinem Hals, seiner Handfläche, um den leicht ranzigen Geruch einzuatmen. Sie wünschte so sehr, dass sie das ganz und gar erfüllte. Die Schwangerschaft hat sie mitgenommen. Adèle findet, sie hat sie hässlich, schlaff, alt werden lassen. Sie trägt die Haare jetzt kurz und hat das Gefühl, die Falten wären überall in ihrem Gesicht auf dem Vormarsch. Dabei ist Adèle mit ihren fünfunddreißig Jahren noch immer eine schöne Frau. Sie hat mit dem Alter sogar an Kraft, Ausstrahlung und Vollkommenheit gewonnen. Ihre Züge sind härter, aber ihr verwaschener Blick ist klarer geworden. Sie ist weniger hysterisch, weniger aufgekratzt. Jahrelanger Tabakgenuss hat ihre helle Stimme, über die ihr Vater sich immer lustig gemacht hat, abgetönt. Ihre Blässe hat sich noch verstärkt, sodass man fast, wie durch Pauspapier, das Geflecht der Adern auf ihren Wangen nachziehen könnte.

Sie verlassen das Zimmer. Richard zieht Adèle am Arm hinter sich her. Sie bleiben ein paar Minuten reglos hinter der Tür stehen und lauschen Luciens Schreien, der sie anbettelt, zurückzukommen. Mit schwerem Herzen gehen sie zu dem Restaurant, in dem Richard einen Tisch für sie reserviert hat. Adèle wollte sich hübsch machen, dann hat sie es sein lassen. Als sie vom Strand wiederkam, war ihr kalt. Sie konnte sich nicht aufraffen, sich auszuziehen, in das Kleid und die hochhackigen Schuhe zu schlüpfen, die sie eingepackt hat. Schließlich sind sie unter sich.

Draußen gehen sie schnell nebeneinander her. Sie berühren sich nicht. Nehmen sich nur selten in den Arm. Ihre Körper haben sich nichts zu sagen. Sie haben sich nie besonders zueinander hingezogen gefühlt oder gar Zärtlichkeit füreinander empfunden, und in gewisser Weise beruhigt sie die fehlende körperliche Nähe. Als würde sie beweisen, dass ihre Partnerschaft über solch profanen leiblichen Bedürfnissen steht. Als hätten sie sich schon von etwas verabschiedet, wovon die anderen Paare sich erst widerwillig, unter Tränen, trennen würden.

Adèle erinnert sich nicht, wann sie das letzte Mal mit

ihrem Mann geschlafen hat. Irgendwann im Sommer. An einem Nachmittag. Sie haben sich an diese langen Auszeiten gewöhnt, daran, einander Abend für Abend eine gute Nacht zu wünschen und den Rücken zuzudrehen. Aber dann schleicht sich doch immer wieder ein gewisses Unbehagen, eine Missstimmung ein. Und Adèle fühlt sich auf seltsame Weise verpflichtet, den Kreislauf zu durchbrechen, sich mit ihm körperlich zu verbinden, um dem Ganzen erneut für eine gewisse Zeit entkommen zu können. Sie denkt tagelang daran, wie an ein Opfer, zu dem man bereit sein muss.

An diesem Abend sind alle Voraussetzungen erfüllt. Richard hat diesen schlüpfrigen und etwas beschämten Blick. Er ist unbeholfen. Er sagt Adèle, dass sie hinreißend aussieht. Sie schlägt vor, eine gute Flasche Wein zu bestellen.

Gleich zur Vorspeise nimmt Richard das beim Mittagessen unterbrochene Gespräch wieder auf. Zwischen zwei Bissen erinnert er Adèle an das, was sie sich vor neun Jahren, bei ihrer Hochzeit, versprochen haben: Paris genießen, soweit ihre Jugend und ihre Mittel es erlaubten, dann, wenn die Kinder kämen, in die Provinz ziehen. Als Lucien geboren wurde, hat Richard ihr einen Aufschub gewährt. Sie hat gesagt: »In zwei Jahren.« Die zwei Jahre sind längst vorbei, und diesmal wird er nicht nachgeben. Hat sie nicht dutzende Male wiederholt, dass sie die Redaktion verlassen, sich anderen Dingen widmen wolle, dem Schreiben möglicherweise oder der Familie? Waren sie sich nicht einig, dass sie die Nase voll hatten von der Métro, den Staus, den hohen Lebenshaltungskosten, dem ständigen

Wettlauf gegen die Zeit? Richard lässt sich von der Teilnahmslosigkeit seiner Frau, die schweigend in ihrem Essen herumstochert, nicht abbringen. Er spielt seine letzte Karte aus.

»Ich möchte noch ein Kind. Ein kleines Mädchen wäre wundervoll.«

Adèle, der der Alkohol ohnehin schon den Appetit verdorben hat, wird übel. Ihr Magen fühlt sich aufgebläht an, kurz vorm Überlaufen. Das Einzige, was ihr Erleichterung verschaffen könnte, wäre, sich hinzulegen, keinen Finger mehr zu rühren und sich vom Schlaf übermannen zu lassen.

»Du kannst das aufessen, wenn du möchtest. Ich bekomme keinen Bissen mehr runter.«

Sie schiebt Richard ihren Teller hinüber.

Er bestellt einen Kaffee. »Bist du sicher, dass du nichts mehr willst?« Er nimmt den Armagnac an, den der Wirt ihm anbietet, und redet weiter über Kinder. Adèle ist wütend. Der Abend erscheint ihr endlos. Wenn er wenigstens das Thema wechseln würde.

Auf dem Weg zurück ins Hotel ist Richard ein wenig betrunken. Er bringt Adèle zum Lachen, indem er mitten auf der Straße herumrennt. Sie betreten auf Zehenspitzen das Zimmer. Richard bezahlt den Babysitter. Adèle setzt sich aufs Bett und zieht sich langsam die Schuhe aus.

Er wird es nicht wagen.

Doch er tut es.

Seine Gesten sind unmissverständlich. Es sind immer dieselben.

Er stellt sich hinter sie.
Er küsst sie auf den Hals.
Diese Hand an der Hüfte.
Und dann dieses Murmeln, das Stöhnen, das er mit einem flehenden Lächeln begleitet.

Sie dreht sich um, öffnet den Mund, in dem die Zunge ihres Mannes versinkt.

Kein Vorspiel.

Bringen wir es hinter uns, denkt sie, während sie sich auszieht, alleine, auf ihrer Seite des Bettes. Es geht weiter. Einer an den anderen gedrückt. Nicht aufhören, sich zu umarmen, so tun, als wäre es echt. Die Hand an seine Taille, auf sein Glied legen. Er dringt in sie ein. Sie schließt die Augen.

Sie weiß nicht, was Richard gefällt. Was ihm guttut. Sie hat es nie gewusst. Ihr Liebesakt ist ohne jede Finesse. Die Jahre haben sie nicht vertrauter miteinander gemacht, haben das Gefühl der Scham nicht vermindert. Die Gesten sind präzise, mechanisch. Zielgerichtet. Sie wagt nicht, sich Zeit zu nehmen. Sie wagt nicht, zu bitten. Als hätte sie Angst, die Enttäuschung könnte so groß sein, dass sie daran ersticken würde.

Sie ist so leise wie möglich. Sie fände es entsetzlich, wenn sie Lucien aufweckten und er sie in dieser grotesken Pose überraschen würde. Also hält sie ihren Mund dicht an Richards Ohr und stöhnt ein wenig, um der Form Genüge zu tun.

Es ist schon vorbei.

Er zieht sich gleich wieder an. Ist sofort wieder mit etwas anderem beschäftigt. Schaltet den Fernseher ein.

Es schien ihn anscheinend noch nie zu kümmern, in welch tiefe Einsamkeit er seine Frau stürzt. Sie hat nichts empfunden, rein gar nichts. Sie hat nur schmatzende Geräusche gehört, von aneinander klebenden Oberkörpern, sich reibenden Genitalien.

Und dann Stille.

Adèles Freundinnen sind schön. Sie ist so klug, sich nicht mit Frauen zu umgeben, die weniger gut aussehen als sie. So muss sie sich keine Sorgen darüber machen, dass sie Aufmerksamkeit auf sich zieht. Lauren hat sie bei einer Pressereise nach Afrika kennengelernt. Adèle hatte gerade bei der Zeitung angefangen und begleitete zum ersten Mal einen Minister auf einer Auslandsreise. Sie war nervös gewesen. Auf dem Rollfeld des Militärflugplatzes von Villacoublay, wo eine Maschine der Französischen Republik sie erwartete, ist Lauren ihr sofort aufgefallen, mit ihren eins achtzig, den unbändigen weißblonden Haaren und den Zügen einer ägyptischen Katze. Lauren war damals bereits eine erfahrene Fotografin und Afrika-Expertin gewesen, die schon sämtliche Städte des Kontinents abgeklappert hatte und alleine in Paris in einem kleinen Appartement wohnte.

Im Flugzeug waren sie zu siebt. Der Minister, ein Typ ohne großen Einfluss, dessen zahlreiche Kurswechsel, Korruptionsaffären und Bettgeschichten jedoch genügt hatten, um ihn zu einer bedeutenden Persönlichkeit zu machen. Ein lustiger technischer Berater, mit Sicherheit Alkoholiker, der stets eine schlüpfrige Anekdote auf Lager hatte. Ein ganz ansehnlicher Bodyguard, eine zu blonde und zu gesprächige Pressereferentin. Ein dürrer, hässlicher Journalist, Kettenraucher, unerbittlich im Einsatz. Er hatte schon mehrere Preise mit seinen Artikeln gewonnen und arbeitete für eine Zeitung, deren Titelseite er regelmäßig bestückte.

Am ersten Abend, in Bamako, hat sie mit dem Bodyguard geschlafen, der, betrunken und angestachelt von Adèles Begehren, in der Hotel-Disco mit nacktem Oberkörper und mit seiner Beretta im Gürtel getanzt hatte. Am zweiten Abend, in Dakar, hat sie sich von einem sterbenslangweiligen Cocktail-Empfang verdrückt, auf dem sich pomadige französische Expatriates Häppchen mampfend um den Minister scharen, um dem französischen Botschafter auf der Toilette einen zu blasen.

Am dritten Abend hat sie auf der Terrasse des Hotels am Meer in Praia einen Caipirinha bestellt und angefangen, mit dem Minister zu schäkern. Sie wollte ihm gerade ein Mitternachtsbad vorschlagen, als Lauren sich neben sie setzte. »Morgen gehen wir ein paar schöne Fotos machen, wenn du Lust hast. Das könnte dir bei deinem Artikel helfen. Hast du schon damit begonnen? Hast du dir überlegt, wie du ihn aufziehen willst?« Als Lauren sie gefragt hat, ob sie mit auf ihr Zimmer kommen wolle, um sich ein paar Fotos anzusehen, hat Adèle gedacht, dass sie miteinander schlafen würden. Sie hat sich gesagt, dass sie nicht den Männerpart übernehmen wollte, dass sie ihr nicht die Muschi lecken würde, dass sie sich nur verführen lassen würde.

Die Brüste. Sie könnte ihre Brüste anfassen, sie sahen zart und weich aus, Laurens Brüste. Süß sahen sie aus. Adèle würde sie ohne Bedenken berühren. Doch Lauren hat sich nicht ausgezogen. Sie hat auch ihre Fotos nicht gezeigt. Sie hat sich auf dem Bett ausgestreckt und geredet. Adèle hat sich neben sie gelegt, und Lauren hat begonnen, ihr Haar zu streicheln. Den Kopf an die Schulter der Frau geschmiegt, die im Begriff war, ihre Freundin zu werden, hat Adèle sich mit einem Mal erschöpft gefühlt, vollkommen leer. Bevor sie einschlief, streifte sie noch die Ahnung, dass Lauren sie gerade vor einem Riesenfiasko bewahrt hatte, und sie war ihr unendlich dankbar dafür.

An diesem Abend wartet Adèle auf dem Boulevard Beaumarchais vor der Galerie, in der Fotos ihrer Freundin ausgestellt werden. Sie hat Lauren gewarnt: »Ich gehe nicht rein, ehe du nicht da bist.«

Es hat sie große Überwindung gekostet herzukommen. Sie wäre lieber zu Hause geblieben, aber sie weiß, dass Lauren ihr das übelnehmen würde. Sie haben sich seit Wochen nicht gesehen. Adèle hat Verabredungen im letzten Moment abgesagt, hat Ausreden erfunden, um sich nicht abends mit ihr auf ein Glas Wein zu treffen. Sie hat ein besonders schlechtes Gewissen, weil sie ihre Freundin zudem mehrmals gebeten hat, sie zu decken. Mitten in der Nacht hat sie ihr Nachrichten geschickt, um sie vorzuwarnen: »Wenn Richard dich anruft, geh auf keinen Fall ran. Er denkt, dass ich bei dir bin.« Lauren hat nie darauf geantwortet, aber Adèle weiß, dass das Ganze sie langsam nervt.

Tatsächlich geht Adèle ihr aus dem Weg. Dabei war sie bei ihrer letzten Begegnung zu Laurens Geburtstag fest entschlossen gewesen, sich anständig zu benehmen, eine perfekte und aufopferungsvolle Freundin zu sein. Sie hat ihr geholfen, das Fest vorzubereiten. Sie hat sich um die Musik gekümmert und sogar ein paar Flaschen von Laurens Lieblingschampagner gekauft. Um Mitternacht hat Richard sich entschuldigt und ist gegangen: »Einer muss den Babysitter ablösen.«

Adèle langweilte sich. Sie streifte von Zimmer zu Zimmer, ließ die Leute mitten im Satz stehen, unfähig, irgendeinem Gespräch zu folgen. Sie hat angefangen, mit einem Mann in elegantem Anzug herumzuschäkern und ihn mit leuchtenden Augen gebeten, ihr etwas Wein nachzuschenken. Er hat gezögert, hat sich nervös umgeschaut. Sie hat seine Verlegenheit erst verstanden, als seine Frau angerauscht kam, die sie aufgebracht und ordinär angefahren hat: »Geht's noch? Komm mal wieder runter, ja? Er ist verheiratet.« Adèle ist in spöttisches Lachen ausgebrochen und hat erwidert: »Ich bin auch verheiratet. Kein Grund zur Sorge.« Sie hat sich zitternd entfernt, fröstelnd. Unter einem Lächeln versuchte sie zu verbergen, wie sehr diese Schreckschraube sie aufgewühlt hatte.

Sie ist auf den Balkon geflohen, wo Matthieu eine Zigarette rauchte. Matthieu, Laurens große Liebe, ihr ewiger Liebhaber, der sie seit zehn Jahren hinhält und von dem sie immer noch glaubt, dass er sie irgendwann mal heiraten und mit ihr Kinder bekommen wird. Adèle hat ihm die Szene mit der eifersüchtigen Frau geschildert, und er hat gemeint, er könne verstehen, dass man ihr gegenüber

misstrauisch sei. Sie haben einander nicht mehr aus den Augen gelassen. Um zwei Uhr früh hat er ihr in den Mantel geholfen. Er hat ihr angeboten, sie nach Hause zu fahren, und Lauren hat, ein wenig enttäuscht, lediglich bemerkt: »Stimmt, ihr seid Nachbarn.«
Nach ein paar Metern hat Matthieu in einer Seitenstraße des Boulevard Montparnasse geparkt und ihren Rock hochgeschoben. »Das wollte ich immer schon tun.« Er hat Adèles Hüften gepackt und den Mund auf ihre Vagina gepresst.

Am nächsten Tag hat Lauren sie angerufen und gefragt, ob Matthieu über sie gesprochen habe, ihr gesagt habe, warum er nicht bei ihr habe übernachten wollen. Adèle hat geantwortet: »Er hat nur von dir geredet. Du weißt genau, dass er nicht von dir lassen kann.«

Eine Flut von Daunenjacken quillt aus der Métrostation Saint-Sébastien–Froissart. Graue Mützen, gesenkte Köpfe, eingemummelte Kinder auf den Armen von Frauen, die bereits Großmütter sein könnten. In den Bäumen scheinen Kugeln von bescheidener Größe und Farbe vor Kälte zu erstarren. Lauren winkt. Sie trägt einen langen weißen Kaschmirmantel, weich und warm. »Komm, ich muss dir alle möglichen Leute vorstellen«, sagt sie und zieht Adèle an der Hand mit sich mit.
Die Galerie besteht aus zwei recht kleinen, aneinandergrenzenden Räumen, zwischen denen jemand mit Plastikbechern, Chips und Erdnüssen auf Papptellern ein Buffet improvisiert hat. Das Thema der Ausstellung ist Afrika. Adèle überfliegt die Bilder von vollgestopften Zügen,

Städten, die im Staub ersticken, lachenden Kindern und würdevollen Alten. Sie liebt die Fotos, die Lauren in den *Maquis*, den Straßenbars, von Abidjan und Libreville aufgenommen hat. Man sieht darauf schwitzende Paare, die einander umarmen, trunken vom Tanzen und vom Bananenbier. Männer in khakifarbenen oder gelben Kurzarmhemden halten aufreizende Mädchen mit langen, geflochtenen Haaren an den Händen.

Lauren ist beschäftigt. Adèle trinkt zwei Gläser Champagner. Sie ist ruhelos. Sie hat das Gefühl, alle merken ihr an, dass sie alleine hier ist. Sie holt ihr Handy aus der Tasche und tut so, als würde sie eine SMS verschicken. Als Lauren sie ruft, schüttelt sie den Kopf und hebt die Zigarette hoch, die sie zwischen den behandschuhten Fingern hält. Sie hat keine Lust, mit den Leuten zu reden, die sie fragen werden, was sie so im Leben macht. Sie langweilt sich schon im Voraus, wenn sie nur an die brotlosen Künstler denkt, an die als arme Schlucker verkleideten Journalisten, an die Blogger, die zu allem eine Meinung haben. Ein Gespräch zu führen erscheint ihr unerträglich. Hier sein, sehen, wie der Abend sich entwickelt, sich in Banalitäten verlieren. Nach Hause gehen.

Draußen peitscht ihr ein eisiger, feuchter Wind ins Gesicht. Vermutlich stehen sie deswegen nur zu zweit auf dem Gehweg, um zu rauchen. Der Typ ist klein, hat aber Vertrauen einflößende Schultern. Er betrachtet Adèle aus schmalen grauen Augen. Sie erwidert selbstbewusst seinen Blick, ohne ihren zu senken. Adèle kippt einen Rest Champagner herunter, der ihre Zunge austrocknet. Sie trinken und reden. Gemeinplätze, einvernehmliches Lächeln, lockere Anspielungen. Die beste Art, sich zu unterhalten. Er macht ihr Komplimente, sie lacht leise. Er fragt sie nach ihrem Namen, sie will ihn nicht preisgeben, und dieses charmante und triviale amouröse Geplänkel weckt ihre Lebenslust.

Alles, was sie sagen, dient nur einem einzigen Zweck: zur Sache zu kommen. Hier, in dieser Gasse, in der Adèle sich an einen grünen Mülleimer drückt. Er hat ihre Strumpfhose zerrissen. Sie stöhnt leise, wirft ihren Kopf zurück. Er dringt mit den Fingern in sie ein, legt seinen Daumen auf ihre Klitoris. Sie schließt die Augen, um den Blicken der Passanten nicht zu begegnen. Sie nimmt die schmale und weiche Faust des Mannes und stößt sie in sich hinein. Er beginnt ebenfalls zu stöhnen, gibt sich dem unerwarteten Verlangen einer unbekannten Frau hin, an einem Donnerstagabend im Dezember. Aufgereizt, will er mehr. Er beißt in ihren Hals, presst sie an sich, er fasst an seinen Gürtel und beginnt, die Schnalle zu öffnen. Seine Haare sind zerzaust, seine Augen jetzt geweitet, ein hungriger Blick, wie auf den Fotos in der Galerie.

Sie weicht zurück, streicht ihren Rock glatt. Er fährt sich mit der Hand durchs Haar und beherrscht sich. Er sagt, dass er gleich um die Ecke wohne, wirklich, »in der Nähe der Rue de Rivoli«. Sie kann nicht. »Das war doch schon gut.«

Adèle geht zurück zur Galerie. Sie hat Angst, dass Lauren schon weg ist, Angst, allein nach Hause gehen zu müssen. Sie sieht den weißen Mantel.

»Ah, da bist du.«

»Lauren, kannst du mich nach Hause begleiten? Du

weißt doch, dass ich Angst habe. Du läufst nachts allein herum. Du hast vor nichts Angst.«

»Na dann, los. Gib mir eine Zigarette.«

Dicht nebeneinander gehen sie den Boulevard Beaumarchais hinunter.

»Warum bist du nicht mit ihm mitgegangen?«, fragt Lauren.

»Ich muss nach Hause. Richard wartet auf mich, ich habe ihm gesagt, dass ich nicht allzu spät heimkomme. Nein, nicht da lang«, sagt sie plötzlich, als sie den Place de la République erreichen. »Da sind Ratten in den Sträuchern. Ratten, so groß wie Katzen, ehrlich.«

Sie folgen den Grands Boulevards. Die Nacht wird schwärzer, und Adèle verliert ihre Selbstsicherheit. Der Alkohol macht sie paranoid. Alle Männer sehen die beiden Frauen an. Vor einem Kebab-Stand rufen ihnen drei Typen ein »Hallo, Mädels!« zu, das Adèle zusammenzucken lässt. Aus den Discos und den Irish Pubs kommen schwankende, ausgelassene und etwas aggressive Grüppchen. Adèle hat Angst. Sie läge jetzt gern neben Richard im Bett. Fenster und Türen geschlossen. Er würde das nicht erlauben. Er würde nicht zulassen, dass irgendjemand ihr etwas zuleide tut, er wüsste sie zu verteidigen. Sie beschleunigt ihren Schritt, zieht Lauren am Arm hinter sich her. So schnell wie möglich will sie zu Hause ankommen, bei Richard sein, seinen ruhigen Blick auf sich spüren. Morgen wird sie etwas zum Abendessen kochen. Sie wird die Wohnung aufräumen, sie wird Blumen kaufen. Sie wird einen Wein mit ihm trinken und ihm von ihrem Tag erzählen. Sie wird Pläne fürs Wochenende machen. Sie wird umgänglich, sanft, unterwürfig sein. Wird zu allem Ja sagen.

»Warum hast du Richard geheiratet?«, fragt Lauren, als hätte sie ihre Gedanken erraten. »Warst du in ihn verliebt, hast du daran geglaubt? Ich begreife einfach nicht, wie eine Frau wie du sich in eine solche Situation bringen konnte. Du hättest deine Freiheit behalten und dein Leben so leben können, wie es dir passt, ohne all die Lügen. Es erscheint mir ... abwegig.«

Adèle sieht Lauren voller Verwunderung an. Sie versteht überhaupt nicht, was ihre Freundin da sagt.

»Ich habe ihn geheiratet, weil er mich gefragt hat. Er war der Erste und bisher der Einzige. Er hatte mir was zu bieten. Und außerdem war meine Mutter so glücklich. Ein Arzt, stell dir vor!«

»Meinst du das im Ernst?«

»Ich sehe nicht, wieso ich allein bleiben sollte.«

»Unabhängig, das ist nicht dasselbe wie allein.«

»Wie du, meinst du?«

»Adèle, ich habe dich seit Wochen nicht gesehen, und heute Abend hast du kaum fünf Minuten mit mir verbracht. Ich bin nur ein Alibi für dich. Was machst du bloß für einen Scheiß?«

»Ich brauche kein Alibi... Wenn du mir den Gefallen nicht tun möchtest, finde ich eine andere Lösung.«

»So kannst du nicht weitermachen. Du wirst irgendwann erwischt werden. Und ich habe genug davon, dem armen Richard in die Augen sehen zu müssen, während ich ihm Lügen auftische.«

»Ein Taxi!« Adèle stürzt auf die Fahrbahn und hält den

Wagen an. »Danke, dass du mich begleitet hast. Ich melde mich.«

Adèle betritt die Eingangshalle ihres Hauses. Sie setzt sich auf die Treppe, holt eine neue Strumpfhose aus ihrer Tasche und zieht sie an. Sie wischt sich Gesicht, Hals und Hände mit Feuchttüchern ab. Sie richtet ihre Frisur. Sie geht die Treppe hoch.

Im Wohnzimmer ist es dunkel. Sie ist Richard dankbar, dass er nicht auf sie gewartet hat. Sie legt ihren Mantel ab und öffnet die Schlafzimmertür. »Adèle? Bist du es?« – »Ja, schlaf weiter.« Richard dreht sich um. Er streckt die Hand im Dunkeln aus, versucht, sie zu berühren. »Ich komme.«

Er hat die Fensterläden offen gelassen, und als Adèle ins Bett schlüpft, kann sie die friedlichen Züge ihres Mannes sehen. Er vertraut ihr. Genau so simpel und so brutal ist es. Wenn er aufwachte, würde er dann an ihr die Spuren entdecken, die diese Nacht hinterlassen hat? Wenn er die Augen öffnete, sich ihr näherte, würde er dann einen verdächtigen Geruch wahrnehmen, einen schuldbewussten Blick bemerken? Adèle nimmt ihm seine Arglosigkeit übel, die sie in die Enge treibt, die ihre Fehler noch schwerer und sie selbst noch verachtenswerter erscheinen lässt. Sie würde dieses glatte, sanfte Gesicht gern zerkratzen, würde diesem beruhigenden Maulesel gern den Bauch aufschlitzen.

Doch sie liebt ihn. Außer ihm hat sie niemanden auf der Welt.

Sie redet sich ein, dass dies ihre letzte Chance ist. Dass

ihr das nicht noch einmal passieren wird. Dass sie von nun an ruhigen Gewissens in diesem Bett schlafen wird. Er wird sie getrost anschauen können, es wird nichts mehr zu sehen geben.

Adèle hat gut geschlafen. Die Decke bis unters Kinn gezogen, erzählt sie Richard, dass sie vom Meer geträumt hat. Nicht von dem grünlichen, alten Meer ihrer Kindheit, sondern vom richtigen Meer, dem der Lagunen, der Felsenbuchten und Schirmpinien. Sie lag auf einem harten, heißen Untergrund. Einem Felsen vielleicht. Sie war allein und zog sich vorsichtig und verschämt das Bikinioberteil aus. Mit halb geschlossenen Lidern wandte sie sich dem Meer zu, auf dem die Reflexe der Sonne wie tausende Sterne funkelten und sie daran hinderten, die Augen zu öffnen. »Und in dem Traum sagte ich mir: Erinnere dich an diesen Tag. Erinnere dich, wie glücklich du warst.«

Sie hört die Schritte ihres Sohnes auf dem Parkett. Die Tür öffnet sich langsam, und Luciens rundes, verschlafenes Gesicht erscheint. »Mama«, quengelt er und reibt sich die Augen. Nachdem er ins Bett geklettert ist, legt er, der sonst so wild und so wenig anschmiegsam ist, seinen Kopf auf Adèles Schulter. »Hast du gut geschlafen, mein Schatz?«, fragt sie sanft und unendlich behutsam, als fürchte sie, die kleinste Ungeschicklichkeit könne diesen Moment der Gnade zerstören. »Ja, ich hab gut geschlafen.«

Das Kind im Arm, steht sie auf und geht in die Küche. Sie ist euphorisch, wie Betrüger es sind, die man noch nicht entlarvt hat. Voller Dankbarkeit, geliebt zu werden, und starr vor Angst bei der Vorstellung, all das zu verlieren. Nichts erscheint ihr im Moment kostbarer als das beruhigende Brummen des Rasierapparates am Ende des Flurs. Um nichts in der Welt würde sie die morgendliche Umarmung ihres Sohnes aufs Spiel setzen, diese Zärtlichkeit, dieses Bedürfnis, das er nach ihr hat und das niemand sonst je haben wird. Sie bereitet Crêpes zu. Wechselt schnell die Tischdecke, die sie, trotz des gelben Flecks in der Mitte, seit einer Woche nicht erneuert hat. Sie macht Richard Kaffee und setzt sich neben Lucien. Sie sieht zu, wie er in den Crêpe beißt, seine mit Marmelade verschmierten Finger ableckt.

Während sie darauf wartet, dass ihr Mann aus dem Bad kommt, nimmt sie ein Blatt Papier und beginnt, eine Liste zu schreiben. Dinge, die sie tun will, nachholen vor allem. Sie hat eine ganz genaue Vorstellung davon, was sie vorhat. Sie wird ihr Leben ausmisten, sich nach und nach ihrer Ängste entledigen. Sie wird tun, was von ihr verlangt wird.

Als sie in die Redaktion kommt, ist das Großraumbüro fast leer. Nur Clémence ist da, die aber sowieso hier zu wohnen scheint. Sie hat übrigens auch jeden Tag dieselben Sachen an. Adèle nimmt sich einen Kaffee und räumt ihren Schreibtisch auf. Sie schmeißt Berge von Artikeln weg, die sie ausgedruckt hat, Einladungen zu Veranstaltungen, die längst stattgefunden haben. Sie sortiert die Dokumente, die ihr interessant erscheinen, die sie aber garantiert nie wieder anschauen wird, in kleine grüne und blaue Mappen. Mit klarem Geist und reinem Gewissen macht sie sich an die Arbeit. Sie zählt »eins, zwei, drei«, um ihren Widerwillen gegen das Telefonieren zu überwinden, und legt los: »Rufen Sie später wieder an.« »O nein, für diese Art von Anfrage müssen Sie eine E-Mail schicken.« »Was? Welche Zeitung? Nein, ich habe nichts zu sagen.« Sie stößt sich an den Hindernissen, bietet ihnen wacker die Stirn. Jedes Mal nimmt sie den Kampf wieder auf, stellt erneut die Fragen, auf die man ihr eine Antwort verweigert. Sie lässt nicht locker. Wenn sie nicht mehr schreiben kann, geht sie den langen Gang hinunter, der zu einem kleinen Innenhof führt. Draußen raucht sie eine Zigarette, ihre Notizen in der Hand, und wiederholt sich laut ihren Einstieg und den Schluss.

Um vier Uhr ist der Artikel fertig. Sie hat zu viel geraucht. Sie ist nicht zufrieden. In die Redaktion kommt plötzlich Leben. Cyril ist ganz aufgeregt. »So was hat es in Tunesien noch nie gegeben. Ich sag's dir, das wird aus dem Ruder laufen. Diese Geschichte wird blutig enden.« Sie will dem Chefredakteur gerade ihren Artikel schicken, als ihr Handy zu vibrieren beginnt. Das weiße Handy. Sie sucht es in ihrer Handtasche. Öffnet es.

»Adèle, ich denke immerzu an dich, an diese fantastische Nacht. Wir müssen uns wiedersehen. Ich bin nächste Woche in Paris, wir könnten was trinken gehen oder zu Abend essen, wie du möchtest. Das kann noch nicht alles gewesen sein. Nicolas.«

Sie löscht die Nachricht sofort. Sie ist wütend. Diesen Typen hatte sie vor einem Monat bei einer Konferenz in Madrid kennengelernt. Niemand hatte Lust zu arbeiten. Die Journalisten stürzten sich auf die kostenlosen Drinks und genossen ihre von einem Thinktank mit obskurer Finanzierung gesponserten Luxuszimmer. Gegen drei Uhr morgens ist sie Nicolas auf sein Zimmer gefolgt. Er hatte eine Adlernase und sehr schöne Haare. Sie haben stumpf gevögelt. Er hörte nicht auf, sie zu kneifen und zu beißen. Sie hat ihn nicht gebeten, ein Kondom zu benutzen. Sie war betrunken, sicher, trotzdem hat sie sich von ihm ohne Präservativ anal penetrieren lassen.

Am nächsten Morgen in der Hotelhalle hat sie ihm die kalte Schulter gezeigt. Im Wagen, der sie zum Flughafen brachte, hat sie kein Wort gesagt. Er wirkte überrascht, verwirrt. Er schien nicht zu begreifen, dass er sie anwiderte.

Sie hat ihm ihre Nummer gegeben. Ohne zu wissen, warum, hat sie ihm die Nummer des weißen Handys gegeben, die normalerweise denen vorbehalten ist, die sie wiedersehen möchte. Plötzlich fällt ihr wieder ein, dass sie ihm gesagt hat, wo sie wohnt. Sie haben über ihr Viertel gesprochen, und er hat betont: »Ich liebe das 18. Arrondissement.«

Adèle hat keine Lust, zu diesem Essen zu gehen. Sie konnte sich nicht entscheiden, was sie anziehen soll, und das verheißt immer einen schlechten Abend. Ihre Haare sind stumpf, ihre Haut ist blasser denn je. Sie bleibt im Bad eingeschlossen und antwortet lustlos, als Richard sie zur Eile drängt. Durch die Tür hört sie ihn mit der Babysitterin reden. Lucien schläft schon.

Schließlich hat Adèle sich für ein schwarzes Outfit entschieden. Eine Farbe, die sie nie getragen hat, als sie jünger war. Früher hatte sie eine verrückte Garderobe, von Rot bis Quietschorange, von zitronengelben Röcken bis zu knallblauen Pumps. Seit sie selbst verblüht und ihr Glanz dahin zu sein scheint, bevorzugt sie gedeckte Farben. Zu ihren grauen Pullovern und schwarzen Rollis trägt sie auffälligen Schmuck.

Heute Abend hat sie eine Männerhose und einen Pulli mit weitem Rückenausschnitt ausgewählt. Sie betont ihre Augen, die grün sind wie ein japanischer Teich, mit einem türkisfarbenen Lidstrich. Sie hat Lippenstift aufgelegt und ihn dann wieder abgewischt. Um ihren Mund bleibt eine rötliche Spur, als hätte man sie gierig geküsst. Richard fragt freundlich durch die Tür: »Bist du bald fertig?« Sie weiß, dass er der Babysitterin zulächelt, als wolle er sagen: »Was seid ihr Frauen eitel.« Adèle ist fertig, aber sie will ihn warten lassen. Sie breitet ein Handtuch auf den Badezimmerboden und legt sich hin. Sie schließt die Augen und summt ein Lied.

Richard erzählt ihr ständig von Xavier Rançon, dem Mann, bei dem sie eingeladen sind. Xavier ist ein brillanter Chirurg, Nachkomme einer ganzen Reihe renommierter Forscher und Ärzte. »Ein Typ mit Grundsätzen«, hat Richard betont. Und Adèle hat ihm zuliebe geantwortet: »Ich freue mich sehr, ihn kennenzulernen.«

Das Taxi setzt sie vor dem Gittertor einer privaten Auffahrt ab. »Das hat Klasse!«, begeistert sich Richard. Adèle findet das Grundstück auch wundervoll, würde aber eher ersticken, als ein Wort der Anerkennung über die Lippen zu bringen. Sie zuckt mit den Schultern. Sie schieben das Tor auf und gehen den gepflasterten Weg hoch zu einer kleinen dreistöckigen Villa. Die Art déco-Architektur ist erhalten geblieben, aber die neuen Eigentümer haben das Haus um eine Etage mit großzügiger begrünter Terrasse aufgestockt.

Adèle lächelt schüchtern. Der Mann, der sie empfängt, beugt sich zu ihr. Er ist untersetzt und trägt ein zu enges Hemd, das er in die Jeans gesteckt hat. »Guten Tag. Xavier.«

»Guten Tag. Sophie«, stellt sich die Hausherrin vor.

Adèle bietet schweigend ihre Wange zur Begrüßung.

»Ich habe deinen Namen nicht verstanden«, entschuldigt Sophie sich im Ton einer Lehrerin.

»Adèle.«

»Das ist meine Frau. Guten Abend«, sagt Richard.

Sie gehen eine helle Holztreppe hoch in einen riesigen Salon, der mit zwei taupefarbenen Sofas und einem dänischen Holztisch aus den Fünfzigerjahren eingerichtet ist. Alles ist oval und gepflegt. An der hinteren Wand prangt die übergroße Schwarz-Weiß-Fotografie eines leerstehenden kubanischen Theaters. Eine Kerze auf einem Wandbord verbreitet den beruhigenden Duft von Luxusboutiquen.

Richard gesellt sich zu den Männern, die an der Bar sitzen. Sie reden laut, lachen über abgedroschene Witze. Sie reiben sich die Hände, während Xavier ihnen japanischen Whisky einschenkt.

»Wer möchte etwas trinken?«, fragt Sophie die um sie versammelten Frauen.

Adèle hält Sophie ihr Glas hin. Sie schielt zu den Männern und sucht nach einem Notausgang, einem Fluchtweg hin zu ihnen, weg von der Schar Schnattergänse, in der sie steckt. Diese Frauen sind hohl. Sie hat nicht einmal Lust, sie zu beeindrucken. Sie hält es nicht mehr aus hier, kann ihnen nicht mehr zuhören.

»... Also, ich habe Xavier gesagt, hör zu, Schatz, wenn wir dieses zusätzliche Stockwerk wollen, dann müssen wir da durch! Gewiss, das bedeutete drei Monate Handwerker im Haus, aber dafür haben wir jetzt einen Salon wie eine Kathedrale in unserer Villa mitten in Paris... Die Bauarbeiten? Der Horror! Das ist ein Vollzeitjob. Zum Glück habe ich nicht gearbeitet. Außerdem sind wir so froh, dass wir sie gekauft haben... Was für eine Vorstellung, Tausende von Euro an Miete zu verschwenden. Hier? Zehn-, elftausend pro Quadratmeter. Es ist astronomisch...

Wie? Die Kleinen? Ach, die schlafen schon längst! Wir halten uns immer streng an die Zeiten, darum haben sie nicht auf euch gewartet. Dabei wünschte ich, ihr hättet sie sehen können, sie sind so groß geworden... Marie-Lou spielt Geige, und Arsène fängt gerade mit der Beikost an. Wir haben eine geniale Nanny gefunden. Eine Afrikanerin, sehr sympathisch. Sie spricht gut Französisch... Ja, Papiere hat sie. Ohne Papiere finde ich unproblematisch, wenn es nur um den Haushalt oder kleinere Handwerksarbeiten geht, aber bei meinen Kindern, niemals. Das wäre unverantwortlich, oder?

Der einzige Haken ist, dass sie den Ramadan einhält, und das will mir irgendwie nicht in den Kopf. Man kann doch keine Kinder hüten, wenn man Hunger hat... Nein, du hast recht, das kann man nicht tun. Aber ich sage mir, sie wird es schon merken und von allein aufhören. Und du, Adèle, was machst du?«

»Ich bin Journalistin.«

»Oh, das ist sicher interessant!«, ruft Sophie aus, während sie Adèles leeres Glas wieder füllt, das diese ihr hinhält. Sie sieht sie lächelnd an, wie ein Kind, das zu schüchtern ist, um etwas zu sagen.

»Gut, lasst uns zu Tisch gehen.«

Adèle gießt sich Wein ein. Xavier, der sie zu seiner Rechten platziert hat, nimmt ihr die Flasche aus der Hand und entschuldigt sich, dass er ihr nicht zuvorgekommen ist. Die Gäste lachen über Richards Scherze. Adèle findet ihn nicht komisch. Sie begreift nicht, warum er so viel Aufmerksamkeit bekommt.

Sie hört die anderen sowieso nicht mehr. Sie ist gekränkt, verbittert. Heute Abend fühlt sie sich, als existiere sie nicht. Niemand sieht sie, niemand hört ihr zu. Sie versucht nicht mal, die Blitze zu verscheuchen, die ihre Gedanken zerreißen, ihre Lider verbrennen. Ihr Bein wippt unter dem Tisch. Sie wünschte, sie wäre nackt, jemand würde ihre Brüste berühren. Sie möchte einen Mund auf ihrem spüren, möchte ein stilles, animalisches Gegenüber ertasten. Sie will nur begehrt werden.

Xavier steht auf. Adèle folgt ihm zur Toilette am Ende eines schmalen Korridors. Als er herauskommt, versperrt sie ihm den Weg und schiebt sich so dicht an ihm vorbei, dass sie merkt, wie ihm unbehaglich wird. Er geht zurück ins Esszimmer, ohne sich umzudrehen. In der Toilette stellt sie sich vor den Spiegel und bewegt lächelnd die Lippen, als unterhalte sie sich mit sich selbst. Ihr Mund ist trocken und violett.

Als sie wieder am Tisch sitzt, legt sie die Hand auf Xaviers Knie, der sein Bein hastig zurückzieht. Sie spürt seine Anstrengung, ihrem Blick auszuweichen. Sie trinkt, um sich Mut zu machen.

»Sie haben einen kleinen Sohn, Adèle?«, fragt Sophie sie.

»Ja, er wird in einem Monat drei.«

»Reizend! Und wann kommt das zweite?«

»Ich weiß nicht. Vielleicht nie.«

»O nein! Ein Einzelkind ist zu traurig. Wenn ich sehe, was für ein Glück es ist, einen Bruder oder eine Schwester zu haben, könnte ich meinem Kind das niemals vorenthalten.«

»Adèle findet, dass Kinder zu viel Zeit kosten«, wirft Richard scherzhaft ein. »Aber wenn wir erst mal in unserem großen Haus mit Garten wohnen, wird sie nur noch einen Wunsch haben: die Kinder draußen herumspringen zu sehen, nicht wahr, Liebling? Wir ziehen nächstes Jahr nach Lisieux. Ich habe ein glänzendes Angebot als Teilhaber einer Klinik!«

Sie kann an nichts anderes mehr denken. Mit Xavier allein sein, nur für fünf Minuten, da hinten, am Ende des Flurs, wohin leise Gesprächsfetzen aus dem Salon dringen. Sie findet ihn weder schön noch anziehend. Sie weiß nicht, welche Augenfarbe er hat, aber sie ist sich sicher, dass es ihr Erleichterung brächte, wenn er seine Hand unter ihren Pullover und dann unter ihren Büstenhalter schieben würde. Wenn er sie an die Wand drücken und sein Glied an ihr reiben würde, wenn sie spüren könnte, dass er sie genauso begehrt wie sie ihn. Weiter könnten sie nicht gehen, sie müssten schnell machen. Sie hätte Zeit, sein Glied anzufassen, vielleicht sogar, sich hinzuknien und es in den Mund zu nehmen. Sie würden anfangen zu lachen und ins Wohnzimmer zurückkehren. Weiter würden sie nicht gehen, und es wäre perfekt.

Sophie ist eine reizlose Frau, denkt Adèle, während sie auf den scheußlichen, schrillen Halsschmuck der Gastgeberin starrt. Eine Kette aus gelben und blauen Plastikkugeln an einem Seidenband. Das ist eine fade Frau, redet sie sich ein, eine dämliche Schwatzbase. Sie fragt sich, wie diese Sorte Frauen, diese gewöhnlichen Frauen, Liebe machen. Sie fragt sich, ob sie Lust empfinden und jemanden heiß machen können, ob sie sagen »Liebe machen« oder »vögeln«.

Im Taxi nach Hause ist Richard angespannt. Adèle weiß, dass er verärgert ist. Dass sie zu viel getrunken und eine Schau abgezogen hat. Aber Richard sagt nichts. Er legt den Kopf in den Nacken, setzt seine Brille ab und schließt die Augen.
»Warum erzählst du allen, dass wir aufs Land ziehen? Ich habe nie gesagt, dass ich damit einverstanden bin, und du tust so, als stünde schon alles fest«, provoziert Adèle ihn.
»Bist du nicht einverstanden?«
»Das habe ich auch nicht gesagt.«
»Du sagst lieber nichts. Du sagst sowieso nie etwas«, stellt er mit ruhiger Stimme fest. »Du äußerst dich nie zu irgendwas, also wirf mir auch nicht vor, wenn ich etwas entscheide. Und ganz ehrlich, ich weiß nicht, warum du dich so aufführen musst. Warum du dich betrinkst und die Leute von oben herab behandelst, als hättest du alles im Leben verstanden und die anderen wären nur ein Haufen dummer Schafe. Weißt du, du bist genauso gewöhnlich wie wir, Adèle. Wenn du das erst mal akzeptierst, wirst du sehr viel glücklicher sein.«

Adèle war zehn, als sie zum ersten Mal nach Paris fuhr. Es war in den Herbstferien, zu Allerheiligen, und Simone hatte sie in einem kleinen Hotel am Boulevard Haussmann einquartiert. In den ersten Tagen hat sie Adèle allein im Zimmer gelassen. Adèle musste ihr schwören, dass sie niemandem aufmachen würde, unter keinen Umständen. »Hotels sind gefährlich. Vor allem für ein kleines Mädchen.« Adèle hätte ihr am liebsten gesagt: »Dann lass mich nicht allein.« Aber sie hat nichts gesagt.

Am dritten Tag hat Adèle sich unter die dicke Decke des großen Hotelbetts gelegt und den Fernseher angeschaltet. Durch das kleine Fenster, das auf einen grauen, düsteren Hof hinausging, hat sie die Nacht hereinbrechen sehen. Die Nacht war ins Zimmer gekrochen, und ihre Mutter war noch immer nicht zurück. Adèle hatte versucht zu schlafen, gewiegt vom Lachen und den Jingles der Werbespots, die auf dem Bildschirm vorbeizogen. Der Kopf tat ihr weh. Sie hatte jegliches Zeitgefühl verloren.

Sie war hungrig, hatte aber nicht gewagt, etwas aus der Minibar zu nehmen, von der ihre Mutter gesagt hatte, das sei eine Touristenfalle. Sie hat in ihrem Rucksack nach einem Schokoriegel oder einem Rest Schinkensandwich gesucht, doch sie hat nur zwei dreckige Bonbons gefunden, an denen die Reste eines Papiertaschentuchs klebten.

Als sie gerade dabei war einzuschlafen, klopfte es. Beharrlich. Immer lauter. Adèle ging zur Tür, die kein Guckloch hatte. Sie konnte nicht sehen, wer davorstand, und wagte nicht aufzumachen. »Wer ist da?«, hat sie mit zitternder Stimme gefragt. Sie bekam keine Antwort. Die Schläge wurden noch heftiger, sie hörte Schritte im Flur. Ihr war, als nähme sie ein Schnaufen wahr, langgezogen und heiser, ein Schnaufen, das schließlich die Tür aus den Angeln heben würde.

Sie hatte solche Angst, dass sie sich unter dem Bett versteckte, schweißnass, überzeugt, dass die Eindringlinge hereinkommen und sie so finden würden, in Tränen aufgelöst, das Gesicht in den beigen Teppich gedrückt. Sie dachte daran, die Polizei zu alarmieren, um Hilfe zu rufen, zu schreien, bis jemand käme, um sie zu retten. Doch sie war außerstande, sich zu rühren, halb ohnmächtig, starr vor Panik.

Als Simone gegen zweiundzwanzig Uhr die Tür öffnete, war Adèle eingeschlafen. Ihr Fuß ragte unter dem Bett hervor, und Simone packte sie am Knöchel.

»Was machst du denn da unten? Was hast du dir schon wieder für Dummheiten einfallen lassen?«

»Mama! Du bist da!« Adèle war aufgestanden und ihrer Mutter um den Hals gefallen. »Jemand hat versucht hereinzukommen! Ich habe mich versteckt. Ich hatte solche Angst.«

Simone hat sie an den Schultern gefasst, hat sie aufmerksam gemustert und ihr mit kalter Stimme gesagt:

»Das hast du gut gemacht. Dich zu verstecken war genau das Richtige.«

Am Tag vor ihrer Rückkehr hat Simone Adèle wie versprochen die Stadt gezeigt. Ein Mann begleitete sie. Ein Mann, an dessen Gesicht, ja selbst an dessen Namen Adèle sich nicht erinnern kann. Ihr ist nur sein Geruch nach Moschus und Tabak im Gedächtnis geblieben und wie Simone sie nervös und angespannt aufforderte: »Adèle, sag Monsieur guten Tag.«
Monsieur ist mit ihnen zum Mittagessen in eine Brasserie in der Nähe des Boulevard Saint-Michel gegangen und hat Adèle ihren ersten Schluck Bier probieren lassen. Sie haben die Seine überquert und sind bis zu den Grands Boulevards gelaufen. Adèle trödelte vor den Schaufenstern voller Spielsachen in den Geschäftspassagen Verdeau und Jouffroy und in der Galerie Vivienne, ohne auf Simone zu hören, die ungeduldig wurde. Und dann sind sie nach Montmartre gegangen. »Das wird der Kleinen gefallen«, hat Monsieur immer wieder gesagt. Am Place Pigalle sind sie in die Touristenbahn gestiegen, und Adèle hat, eingequetscht zwischen ihrer Mutter und dem Mann, voller Entsetzen das Moulin Rouge-Viertel entdeckt.
Sie hat von diesem Besuch in Pigalle eine düstere, unheimliche Erinnerung zurückbehalten, zugleich trüb und schrecklich lebendig. Vom Boulevard Clichy blieb ihr der Anblick – real oder nicht – Dutzender, trotz des Novembernebels nackter Prostituierter im Gedächtnis. Sie erinnerte sich an Scharen von Punks, an torkelnde Drogensüchtige, Zuhälter mit pomadisierten Haaren, Transsexuelle

mit spitzen Brüsten und in hautenge Leopardenröcke gezwängtem Gemächt. Im Schutz der riesigen, schaukelnden Spielzeugeisenbahn, eingezwängt zwischen ihrer Mutter und dem Mann, die sich schlüpfrige Blicke zuwarfen, empfand Adèle zum ersten Mal diese Mischung aus Angst und Lust, aus Abscheu und sexueller Erregung. Dieses schmutzige Verlangen, zu erfahren, was sich hinter den Türen der Stundenhotels abspielte, in den letzten Winkeln der Innenhöfe, auf den Sitzen des Atlas-Kinos, in den Hinterzimmern der Sex-Shops, deren rosa und blaue Neonlichter die Dämmerung durchbohrten. Niemals, weder in den Armen der Männer noch bei ihren Spaziergängen auf demselben Boulevard Jahre später, hatte sie je wieder dieses magische Gefühl, das Niedere und das Obszöne, die bourgeoise Perversion und das menschliche Elend so mit der Hand greifen zu können.

Für Adèle sind die Weihnachtsferien ein finsterer, kalter Tunnel, eine Strafe. Weil er gut und großzügig ist, weil die Familie für ihn das Wichtigste ist, hat Richard es übernommen, sich um alles zu kümmern. Er hat die Geschenke gekauft, das Auto zur Inspektion gebracht und auch diesmal wieder eine wunderschöne Überraschung für Adèle gefunden.

Sie braucht Urlaub. Sie ist erschöpft. Es vergeht kein Tag, ohne dass man sie auf ihre Magerkeit, ihre abgespannten Züge, ihre Stimmungsschwankungen anspricht. »Die frische Luft wird dir guttun.« Als ob die Luft in Paris weniger frisch wäre als anderswo.

Jedes Jahr feiern sie Weihnachten in Caen, bei den Robinsons, und Silvester bei Adèles Eltern. Es ist zur Tradition geworden, wie Richard gerne sagt. Sie hat wohl versucht, ihn davon zu überzeugen, dass es sinnlos ist, bis nach Boulogne-sur-Mer zu fahren, um ihre Eltern zu sehen, denen es sowieso egal ist. Aber Richard besteht darauf, für Lucien, »der seine Großeltern kennen soll«, und auch für sie, »weil Familie wichtig ist«.

Das Haus von Richards Eltern duftet nach Tee und

Savon de Marseille. Adèles Schwiegermutter Odile verlässt nur selten ihre riesige Küche. Manchmal setzt sie sich ins Wohnzimmer, lächelt den Gästen zu, die einen Aperitif trinken, beginnt ein Gespräch und verschwindet wieder hinter ihren Töpfen. »Bleib doch mal hier, Mama«, beschwert sich Richards Schwester Clémence. »Wir sind hergekommen, um dich zu sehen, nicht um zu essen«, sagt sie ständig, während sie sich mit Gänselebertörtchen und Zimtkeksen vollstopft. Sie bietet ihrer Mutter immerzu an, ihr zu helfen, verspricht, dass sie sich um das nächste Abendessen kümmern wird. Doch dann hält sie zu Odiles großer Erleichterung endlose Siestas und ist ohnehin oft zu betrunken, um die Zutaten der Vorspeise auseinanderzuhalten.

Die Robinsons verstehen sich darauf, Gäste zu empfangen. Richard und Adèle werden mit Lachen und Korkenknallen begrüßt. Ein überdimensionaler Tannenbaum steht in einer Ecke des Wohnzimmers. Er ist so hoch, dass seine Spitze von der Zimmerdecke abgeknickt wird und es aussieht, als würde er jeden Moment umkippen. »Dieser Baum ist albern, nicht wahr?«, gluckst Odile. »Ich habe Henri gesagt, dass er zu groß ist, aber er war nicht davon abzubringen.«

Henri zuckt mit den Schultern und breitet hilflos die Arme aus. »Ich werde alt...« Er wirft Adèle aus seinen blauen Augen einen langen, verständnisinnigen Blick zu, wie um ihr zu bedeuten, dass sie aus demselben Holz geschnitzt sind, zur selben Sippe gehören. Während sie sich zu ihm beugt und ihn auf die Wangen küsst, atmet sie tief seinen Duft nach Vetiver und Rasierschaum ein.

»Zu Tisch!«

Die Robinsons essen, und wenn sie essen, reden sie übers Essen. Sie tauschen Rezepte und Restaurantadressen aus. Vor der Mahlzeit holt Henri Weinflaschen aus dem Keller, die mit großem Ah! und Oh! gewürdigt werden. Alle sehen zu, wie er die auserwählte entkorkt, den Nektar in eine Karaffe gießt, die Farbe kommentiert. Es herrscht Schweigen. Henri schenkt etwas Wein in ein Glas, prüft das Bouquet. Er kostet. »Ah, Kinder...«

Beim Frühstück, das die Kleinen auf dem Schoß ihrer Eltern einnehmen, macht Odile ein ernstes Gesicht. »Jetzt müsst ihr mir mal sagen: Was möchtet ihr zu Mittag essen?«, fragt sie langsam und betont. »Was du willst«, antworten Clémence und Richard stets, die die Spielchen ihrer Mutter schon gewohnt sind. Beim Mittagessen, wenn Henri, die Lippen noch fettig von den aufeinanderfolgenden Terrinen und Käsen, die dritte Flasche dieses spanischen Weinchens aufmacht, »das gut runtergeht«, erhebt Odile sich mit ihrem Notizbuch in der Hand und klagt: »Ich habe keine Ahnung, was ich heute Abend kochen soll. Worauf habt ihr denn Lust?« Niemand antwortet oder wenn, dann ohne große Überzeugung. Beschwipst und übermannt von dem heftigen Bedürfnis, einen Mittagsschlaf zu halten, regt Henri sich manchmal darüber auf. »Wir haben noch nicht mal aufgegessen, und schon gehst du uns wieder auf den Geist.« Odile verstummt und schmollt wie ein kleines Mädchen.

Dieser Zirkus bringt Adèle ebenso sehr zum Lachen, wie er sie nervt. Sie versteht diesen gepflegten Hedonismus nicht, diese Manie des »guten Trinkens« und »guten

Essens«, die alle gepackt zu haben scheint. Sie hat es immer gemocht, Hunger zu haben. Zu spüren, wie man schwächer wird, schwankt, zu fühlen, wie der Magen sich zusammenzieht, und dann zu siegen, kein Verlangen mehr zu haben, drüberzustehen. Sie hat ihre Magerkeit kultiviert wie eine Lebenskunst.

Auch an diesem Abend will das Essen kein Ende nehmen. Niemandem ist aufgefallen, dass Adèle so gut wie nichts angerührt hat. Odile besteht nicht mehr darauf, ihr noch etwas aufzutun. Richard ist ein bisschen betrunken. Er redet mit Henri über Politik. Sie beschimpfen einander als Faschisten, reaktionäre Kleinbürger. Laurent versucht, sich an dem Gespräch zu beteiligen.
»Die Regierung, im Gegenteil ...«
»Hingegen«, unterbricht Richard ihn. »Man sagt nicht ›im Gegenteil‹ sondern ›hingegen‹.«
Adèle legt eine Hand auf Laurents Schulter, steht auf und geht in ihr Zimmer.
Odile gibt ihnen immer das gelbe Zimmer, das ruhigste und größte. Es ist ein etwas trister Raum mit eiskaltem Fußboden. Adèle legt sich ins Bett, reibt ihre Füße aneinander und sinkt in einen morbiden Schlaf. Im Laufe der Nacht hat sie manchmal das Gefühl, halb zu sich zu kommen. Ihr Bewusstsein ist wach, doch ihr Körper ist starr wie ein Leichnam. Sie spürt Richard neben sich. Sie hat den beklemmenden Eindruck, sich nie wieder aus dieser Lethargie reißen zu können. Nie wieder aus diesen zu tiefen Träumen zu erwachen.
Sie hört Richard duschen. Sie nimmt wahr, wie die Zeit

vergeht. Ahnt, dass es Morgen ist. Luciens Stimme, das entfernte Klappern der Töpfe in Odiles Küche dringen zu ihr. Es ist spät, aber sie hat nicht die Kraft aufzustehen. Nur fünf Minuten, sagt sie sich. Noch fünf Minuten, und der Tag kann beginnen.

Als sie mit nassen Haaren und verquollenen Augen aus dem Zimmer kommt, ist das Frühstück schon abgeräumt. Richard hat ihr in der Küche ein kleines Tablett hingestellt. Adèle setzt sich vor ihren Kaffee. Sie lächelt Odile zu, die seufzt und sagt: »Ich habe so viel zu tun heute, ich weiß gar nicht, wie ich das schaffen soll.«

Adèle betrachtet den Garten durch die Fensterfront. Die großen Apfelbäume, den Sprühregen und die Kinder in ihren dicken Daunenjacken, die auf der nassen Rutsche toben. Richard spielt mit ihnen. Er trägt Stiefel und winkt Adèle, sich ihnen anzuschließen. Es ist zu kalt. Sie will nicht rausgehen.

»Du bist ganz blass. Du siehst nicht gut aus«, sagt Richard, als er hereinkommt. Er streckt die Hände nach ihrem Gesicht aus.

Henri und Clémence haben darauf bestanden, sie zur Hausbesichtigung zu begleiten. »Ich will das sehen. Weißt du, dass sie es hier in der Gegend das Herrenhaus nennen?« Odile hat sie quasi zur Tür hinausgeschoben, hochzufrieden, bei den Weihnachtsvorbereitungen ihre Ruhe zu haben. Laurent opfert sich, um auf die Kinder aufzupassen.

Richard ist nervös. Er schnauzt Clémence an, die nicht schnell genug ins Auto einsteigt. Er nimmt seinem Vater das Versprechen ab, sich während der Besichtigung zurückzuhalten. »Ich stelle die Fragen, hast du verstanden? Du gibst deinen Senf nicht dazu.« Adèle sitzt hinten, brav und teilnahmslos. Sie betrachtet Clémences dicke Schenkel, die sich über den Sitz breiten. Ihre Hände mit den runden Nägeln.

Richard dreht sich immerzu um. Sie kann ihm noch so oft sagen, er solle nach vorne schauen, am Ende ist sie es, die hinsieht, wie um zu überprüfen, welchen Eindruck diese Landstraße bei ihr hinterlässt. Was hält sie von diesen regennassen Hügeln, der ansteigenden Allee, dem Waschhaus dort unten. Was hält sie von der Einfahrt ins Dorf? Von der Kirche, die als Einzige die Bombenangriffe im Krieg überlebt hat? Sieht sie sich Tag für Tag durch diese von krummen Apfelbäumen gesprenkelten Hänge gehen? Diese von Wasserläufen durchzogenen Täler, auf dem schmalen Weg, der zu ihrem Haus führt? Gefällt ihr diese von struppigem Efeu überwucherte Mauer? Das verschlossene Gesicht beinahe an die Scheibe gepresst, enthält Adèle sich jeglichen Kommentars. Sie hat sich unter Kontrolle, bis hin zu ihrem Wimpernschlag.

Richard parkt vor dem Holztor. Monsieur Rifoul erwartet sie, die Hände hinter dem Rücken verschränkt, wie ein in der Zeit stehen gebliebener Schlossherr. Er ist ein wahrer Hüne, dick und rotwangig. Seine Hände sind so groß wie ein Kindergesicht, seine Füße scheinen den Boden eindrücken zu wollen. Sein dichtes, lockiges gelbblondes Haar wird langsam weiß. Von Weitem ist er beeindruckend. Aber als sie sich ihm nähert, um ihn zu begrüßen, bemerkt Adèle seine langen Fingernägel. Den fehlenden Knopf an seinem Hemd, mitten über dem Bauch. Einen verdächtigen Fleck in seinem Schritt.

Der Besitzer deutet auf die Eingangstür, und sie betreten das Haus. Richard hüpft wie ein junger Hund die Außentreppe hoch. Er begleitet die Besichtigung des Wohnraums, der Küche und der Veranda mit andauerndem »ah, ja« und »sehr schön«. Er erkundigt sich nach der Heizung, dem Zustand der elektrischen Leitungen. Er schlägt sein Notizbuch auf und fragt: »Was ist mit der Dämmung?« Zwischen dem Salon, dessen breite Fenstertüren auf einen zauberhaften Garten hinausgehen, und der alten Küche, führt Monsieur Rifoul sie zu einem kleinen, als Büro eingerichteten Zimmer. Widerstrebend öffnet er ihnen die Tür. Der

Raum ist ungeputzt, und in dem Lichtstrahl, der zwischen den blauen Vorhängen hindurchschlüpft, tanzt dichter Staub.

»Meine Frau hat viel gelesen. Ich werde die Bücher mitnehmen. Aber wenn Sie wollen, kann ich Ihnen den Schreibtisch dalassen.« Adèle betrachtet das Krankenbett an der Wand, auf dem säuberlich zusammengefaltete weiße Laken liegen. Eine Katze hat sich unter dem Sessel versteckt. »Am Ende kam sie die Treppe nicht mehr hoch.«

Sie nehmen die hölzernen Stufen nach oben. An allen Wänden hängen Fotos der Toten, einer schönen und fröhlichen Frau. Im Schlafzimmer, dessen Fenster auf einen hundertjährigen Kastanienbaum blicken, liegt eine Haarbürste auf dem Nachttisch. Monsieur Rifoul bückt sich und streicht mit seiner riesigen Hand die rosa geblümte Tagesdecke glatt.

Das ist ein Haus, um darin alt zu werden, denkt Adèle. Ein Haus für liebende Herzen. Es ist wie gemacht für Erinnerungen, für Freunde, die vorbeikommen, und solche, die man verliert. Es ist eine Arche, eine Ambulanz, ein Refugium, ein Sarkophag. Der perfekte Ort für Gespenster. Eine Theaterkulisse.

Sind sie schon so alt? Können ihre Träume hier enden?

Ist es bereits Zeit zu sterben?

Draußen betrachten alle vier die Fassade. Richard wendet sich dem Park zu und streckt die Hand aus.

»Bis wohin geht er?«

»Weit, sehr weit. Die ganze Obstwiese dort, sehen Sie? Das gehört alles Ihnen.«

»Daraus kannst du Kuchen und Marmelade für Lucien machen«, sagt Clémence lachend.

Adèle sieht auf ihre Füße. Ihre grünen Mokassins sind aufgeweicht vom nassen Gras. Das sind keine Schuhe fürs Land.

»Gib mir den Schlüssel«, bittet sie Richard.

Sie setzt sich ins Auto, zieht die Schuhe aus und wärmt ihre Füße zwischen den Händen.

»Xavier? Woher hast du meine Nummer?«

»Ich habe bei dir im Büro angerufen. Sie sagten mir, dass du im Urlaub bist, aber ich meinte, es sei dringend...«

Sie müsste antworten, dass sie sich freue, von ihm zu hören, dass er sich aber bitte keine falschen Hoffnungen machen solle. Sie bedaure sehr, wie sie sich neulich aufgeführt habe, das sei nicht richtig gewesen. Sie hatte zu viel getrunken, war ein wenig niedergeschlagen, sie weiß nicht, was in sie gefahren war. Das ist ganz und gar nicht ihre Art. So etwas hat sie noch nie gemacht. Am besten, sie vergessen es, tun so, als wäre es nie geschehen. Sie schämt sich entsetzlich. Und außerdem liebt sie Richard, sie könnte ihm das niemals antun, schon gar nicht mit ihm, Xavier, den er sehr bewundert und dessen Freundschaft ihm so viel bedeutet.

Sie sagt nichts von alldem.

»Störe ich dich? Kannst du sprechen?«

»Ich bin bei meinen Schwiegereltern. Aber, ja, ich kann sprechen.«

»Geht es dir gut?«, fragt er mit einer völlig veränderten Stimme.

Er sagt ihr, dass er sie gern wiedersehen würde. Sie habe ihn dermaßen verwirrt, dass er in jener Nacht kein Auge zugetan habe. Wenn er so kühl reagiert hat, dann deshalb, weil er vollkommen überrascht war, von ihrem Verhalten ebenso wie von seinem Begehren. Ihm ist bewusst, dass er das nicht tun sollte, er hat versucht, dem Drang zu widerstehen und sie nicht anzurufen. Er hat alles getan, um nicht mehr an sie zu denken. Aber er muss sie sehen.

Adèle, am anderen Ende der Leitung, sagt nichts. Sie lächelt. Ihr Schweigen verunsichert Xavier, der nicht aufhört zu reden und ihr schließlich vorschlägt, dass sie sich auf ein Glas treffen könnten. »Wo du willst. Wann du willst.«

»Es ist besser, wenn man uns nicht zusammen sieht. Wie sollte ich das Richard erklären?« Sie bereut, das gesagt zu haben. Er wird merken, dass sie es gewohnt ist, dass solche Vorsichtsmaßnahmen ihr täglich Brot sind.

Aber im Gegenteil, er wertet es als Aufmerksamkeit, als Ausdruck eines scheuen, aber entschiedenen Verlangens.

»Du hast recht. Wenn du wieder zurück bist? Ruf mich an, bitte.«

Sie hat ein granatrotes Kleid ausgewählt. Ein kurzärmeliges Kleid aus Spitze, das an Bauch und Oberschenkeln kleine Stückchen Haut erahnen lässt. Langsam faltet sie das Kleid auf dem Bett auseinander. Sie reißt das Etikett ab und zieht dabei einen Faden. Sie hätte sich die Mühe machen und eine Schere holen sollen.

Lucien hat sie das Hemd und die kleinen Ledermokassins angezogen, die seine Großmutter ihm gekauft hat. Ihr Sohn sitzt auf dem Boden, seinen Lastwagen zwischen den Beinen, und ist sehr blass. Seit zwei Tagen schläft er nicht. Er erwacht im Morgengrauen und weigert sich, Mittagsschlaf zu halten. Mit weit aufgerissenen Augen lauscht er den Versprechen der Großen für den Heiligen Abend. Vergnügt, dann überdrüssig, erduldet er ihre Erpressungsversuche. Er fällt nicht mehr auf die Drohung herein, die immerzu im Raum steht. »Wenn du nicht artig bist…« Käme er doch endlich, der Weihnachtsmann. Wäre bloß endlich Schluss damit.

Als sie mit ihrem Sohn an der Hand oben auf der Treppe erscheint, weiß sie, dass Laurent sie ansieht. Während sie hinuntergeht, will er etwas sagen, ihr ein Kompliment machen für dieses provokante Kleid, und stammelt ein paar Worte, die sie nicht versteht. Clémences zwanghaftes Bestreben, Erinnerungen festzuhalten, dient ihm als Vorwand, um Adèle den ganzen Abend zu fotografieren. Sie tut so, als bemerke sie nicht, dass er sie, versteckt hinter seiner Kamera, zu ergründen sucht. Er bildet sich ein, Schnappschüsse einer kühlen und unschuldigen Schönheit zu erhaschen. Dabei hat er nur Anspruch auf wohlkalkulierte Posen.

Odile rückt einen Sessel an den Weihnachtsbaum. Henri füllt die Champagnerkelche. Clémence schneidet kleine Zettel zurecht, und dieses Jahr darf Lucien zum ersten Mal auslosen, wer als Erstes seine Geschenke bekommt. Adèle fühlt sich unwohl. Sie würde gern zu den Kindern ins Esszimmer gehen und sich zwischen Legosteinen und Puppenkinderwagen auf dem Boden ausstrecken. Sie ertappt sich dabei, im Stillen zu beten, dass nicht ihr Name gezogen wird.

Aber er wird trotzdem gezogen. »Adèle, ha!«, rufen sie. Sie reiben sich die Hände und beginnen einen fiebrigen Reigen um den Sessel. »Hast du Adèles Päckchen gesehen? Das kleine rote Paket, Henri, hast du es gesehen?«, fragt Odile besorgt.

Richard sagt nichts.

Er sitzt auf der Sofalehne und wartet den richtigen Moment ab. Erst nachdem Adèles Knie bedeckt sind mit Schals und Fäustlingen, die sie nie anziehen, und Kochbüchern, die sie nie aufschlagen wird, geht Richard zu ihr. Er reicht ihr eine Schachtel. Clémence wirft ihrem Mann einen zutiefst vorwurfsvollen Blick zu.

Adèle zerreißt das Papier, und als auf dem kleinen orangefarbenen Kästchen das Logo der Marke Hermès sichtbar wird, stoßen Odile und Clémence zufriedene Seufzer aus.

»Du bist ja verrückt. Das sollst du doch nicht tun.« Das hatte Adèle voriges Jahr auch gesagt.

Sie zieht an der Schleife und öffnet die Schachtel. Sie versteht nicht sofort, was es ist. Ein goldenes Rad, besetzt mit rosa Steinen, darüber drei Kornähren. Sie sieht das Schmuckstück an, ohne es zu berühren, ohne den Kopf zu heben, damit sie Richards Blick nicht begegnet.

»Es ist eine Brosche«, erklärt er.

Eine Brosche.

Ihr ist unglaublich heiß. Sie schwitzt.

»Sie ist wunderschön«, flüstert Odile.

»Gefällt sie dir, Schatz? Es ist ein klassisches Modell, ich war mir sicher, dass sie zu dir passen würde. Ich habe sofort an dich gedacht, als ich sie gesehen habe. Sie ist äußerst elegant, finde ich, oder nicht?«

»Ja, ja. Sie gefällt mir sehr.«

»Na, dann steck sie dir an! Nimm sie wenigstens mal aus der Schachtel. Soll ich dir helfen?«

»Sie ist gerührt«, kommentiert Odile, die Hand ans Kinn gepresst.

Eine Brosche.

Richard nimmt das Schmuckstück aus seinem Kästchen und drückt die Nadel herunter, die aufspringt.

»Steh mal auf, dann geht es leichter.«

Adèle erhebt sich, und Richard befestigt die Brosche vorsichtig an ihrem Kleid, genau über dem linken Busen.

»Natürlich trägt man das nicht zu so einem Kleid, aber sie ist hübsch, oder?«

Nein, zu so einem Kleid passt sie selbstverständlich nicht. Sie müsste sich von Odile ein Kostüm und ein Halstuch leihen. Sie müsste sich die Haare wachsen lassen und zu einem Knoten hochstecken, müsste Pumps mit Blockabsatz tragen.

»Wunderhübsch, mein Lieber. Mein Sohn hat einen ausgezeichneten Geschmack«, freut sich Odile.

Adèle begleitet die Robinsons nicht zur Mitternachtsmesse. Sie glüht vor Fieber und schläft in ihrem granatroten Kleid ein, zusammengekauert unter den Decken. »Ich habe dir doch gesagt, dass du krank wirst«, bedauert Richard sie. Er kann ihr noch so fest den Rücken reiben, noch so viele zusätzliche Decken über sie breiten, sie ist starr vor Kälte. Ihre Schultern zittern, sie klappert mit den Zähnen. Richard legt sich neben sie, schlingt seine Arme um sie. Er streichelt ihr Haar und verabreicht ihr mit lustigen Grimassen und guten Worten ihre Medizin, wie er es bei Lucien tut.

Er hat ihr oft erzählt, dass Krebspatienten, die im Sterben liegen, um Verzeihung bitten. In ihren letzten Zügen entschuldigen sie sich bei den Lebenden für Fehler, die zu erklären ihnen keine Zeit mehr bleibt. »Verzeiht mir, verzeiht mir.« Adèle hat Angst, dass sie im Fieberwahn reden könnte. Sie fürchtet ihre Schwäche, fürchtet, dass sie sich dem, der sie pflegt, anvertrauen könnte, und nimmt das bisschen Energie, das ihr bleibt, zusammen, um ihr Gesicht in dem nassgeschwitzten Kopfkissen zu vergraben. Schweigen. Um Himmels willen schweigen.

Die Zigarette im Mundwinkel, öffnet Simone ihnen die Tür. Sie trägt ein Wickelkleid, das sie nicht richtig zugebunden hat und das ihre magere gebräunte Brust nur halb bedeckt. Sie hat schlanke Beine und einen dicken Bauch. Ihre Zähne sind mit Lippenstift verschmiert, und Adèle fährt sich unwillkürlich mit der Zunge über ihre eigenen, als sie es sieht. Sie betrachtet die Klumpen billiger Mascara, die an den Wimpern ihrer Mutter kleben, bemerkt den blauen Kajal auf ihren faltigen Augenlidern.

»Richard, mein Lieber, wie schön, Sie zu sehen. Ich war so enttäuscht, dass ihr Weihnachten nicht bei uns feiert. Obwohl, ich ja weiß, dass Ihre Eltern das wunderbar machen. So schick können wir das hier nicht machen, mit unseren bescheidenen Mitteln.«

»Guten Abend, Simone. Wir sind wie immer froh, hier zu sein«, begrüßt Richard sie überschwänglich im Hineingehen.

»Sie sind zu freundlich. Steh auf, Kader, du siehst doch, dass Richard gekommen ist«, ruft sie ihrem Mann zu, der tief in einem Ledersessel versunken ist.

Adèle bleibt auf der Schwelle stehen. Sie hat den schlafenden Lucien im Arm. Beim Anblick der mit blauem Chintz bezogenen Sitzbank bekommt sie eine Gänsehaut. Das Wohnzimmer erscheint ihr noch kleiner, noch hässlicher als früher. Das schwarze Bücherregal gegenüber dem Sofa ist vollgestellt mit Nippes und Fotos, von ihr und Richard und ihrer Mutter als junger Frau. Auf einer großen Untertasse verstaubt eine Streichholzschachtelsammlung. Kunstblumen stecken in einer Vase mit chinesischem Muster.

»Simone, die Zigarette!«, schilt Richard sie und wackelt mit dem Zeigefinger.

Simone löscht die Zigarette und drückt sich an die Wand, um Adèle vorbeizulassen.

»Ich gebe dir keinen Kuss. Du hast den Kleinen auf dem Arm, und wir wollen ihn doch nicht aufwecken.«

»Ja. Grüß dich, Mama.«

Adèle durchquert die winzige Wohnung und betritt ihr Kinderzimmer. Sie hält den Blick gesenkt. Langsam zieht sie Lucien aus, der die Augen geöffnet hat und sich ausnahmsweise einmal nicht wehrt. Sie legt ihn ins Bett und liest ihm länger vor als sonst. Er schläft schon tief und fest, als sie das letzte Buch aufschlägt. Sie liest weiter, ganz leise, die Geschichte eines Hasen und einer Füchsin. Das Kind bewegt sich und drängt sie aus dem Bett.

Adèle geht durch den dunklen Flur, in dem es nach stockiger Wäsche riecht. Sie gesellt sich zu Richard in die Küche. Er sitzt an dem gelben Resopaltisch und wirft seiner Frau ein verschwörerisches Lächeln zu.

»Dein Sohn braucht aber lang zum Einschlafen«, sagt Simone zu ihr. »Du verwöhnst den Kleinen zu sehr. Ich hab nie so ein Getue um dich gemacht.«

»Er liebt Geschichten, das ist alles.«

Adèle stibitzt die Zigarette, die ihre Mutter zwischen den Fingern hält.

»Ihr hättet früher kommen können. So essen wir nicht vor zehn Uhr. Zum Glück leistet Richard mir Gesellschaft.« Sie lächelt und lässt mit der Zunge die herausnehmbare Brücke an ihrem gelben Schneidezahn schnalzen. »Wir hatten vielleicht ein Glück, dass wir Sie gefunden haben, mein kleiner Richard. Ein echtes Wunder. Adèle war immer so tranig, so verstockt. Hat nie ein Wort rausgebracht oder ein Lächeln. Wir dachten schon, sie würde als alte Jungfer enden. Ich war's, die ihr gesagt hat, sie soll mal ein bisschen anziehender sein, aufreizend! Aber sie war so starrköpfig, so verschlossen. Unmöglich, irgendwas aus ihr herauszubekommen. Dabei gab es Typen, die sich in sie verguckt hatten, und ob, sie kam gut an, meine kleine Adèle. Du kamst gut an, was? Da, sehen Sie's, sie antwortet nicht. Ist zu stolz. Ich hab zu ihr gesagt: Adèle, du musst für dich selbst sorgen, wenn du dich wie eine Prinzessin aufführen willst, dann such dir einen Prinzen, wir können dich hier nicht durchfüttern. Mit deinem Vater, der krank ist, und ich, also ich hab mich mein ganzes Leben lang abgerackert, ich hab auch das Recht, meine besten Jahre zu genießen. Sei nicht so dumm wie ich, hab ich zu Adèle gesagt. Heirate nicht den Erstbesten, um es dann bitter zu bereuen. Ich sah gut aus, Richard, wissen Sie? Hab ich Ihnen dieses Foto schon gezeigt? Das ist ein gelber Renault. Der erste im Dorf. Und haben Sie gesehen? Meine Schuhe passten genau zur Handtasche. Immer! Ich war die eleganteste Frau im Dorf, fragen Sie ruhig, jeder wird Ihnen das sagen.

Nein, zum Glück hat sie einen Mann wie Sie gefunden. Wirklich, wir haben mächtig Glück.«

Der Vater sieht fern. Er ist seit ihrer Ankunft nicht mehr aufgestanden, ganz und gar gefesselt von der Silvester-Show des Lido. Dicke Tränensäcke trüben seinen Blick, doch seine grünen Augen haben sich ihren Glanz und eine gewisse Überheblichkeit bewahrt. Trotz seines Alters hat er noch dichtes braunes Haar, nur an den Schläfen bildet sich langsam ein feiner, hellgrauer Kranz. Seine Stirn, seine enorme Stirn, ist noch immer vollkommen glatt.

Adèle setzt sich neben ihn, die Pobacken kaum auf der Bank, die Hände auf den Oberschenkeln.

»Gefällt dir der Fernseher? Richard hat ihn ausgesucht, weißt du. Das ist ein brandneues Modell«, erklärt Adèle mit unendlich sanfter Stimme.

»Er ist wunderbar, meine Tochter. Du verwöhnst mich zu sehr. Du solltest dein Geld nicht dafür ausgeben.«

»Möchtest du etwas trinken? In der Küche haben sie schon ohne uns mit dem Aperitif begonnen.«

Kader streckt seine Hand aus und tätschelt langsam und bedächtig Adèles Knie. Seine Nägel glänzen, sie sind glatt und sehr weiß an den Spitzen seiner langen gebräunten Finger.

»Lass sie, sie brauchen uns nicht«, flüstert er, zu ihr hinübergebeugt. Er wirft ihr ein verschwörerisches Lächeln zu, holt eine Flasche Whisky unter dem Tisch hervor und schenkt zwei Gläser ein. »Sie liebt es, sich aufzuspielen, sobald dein Mann kommt. Du kennst deine Mutter doch. Andauernd lädt sie die Nachbarn zum Essen ein, um vor ihnen anzugeben. Wenn sie mir nicht so auf den Geist gegangen wär, wenn ich sie nicht am Bein gehabt hätte, dann hätte ich ein richtiges Leben haben können. Ich hätt's gemacht wie du. Ich wär nach Paris gegangen. Journalismus, ja, das wär sicher auch was für mich gewesen.«

»Man kann dich hören, Kader«, lacht Simone höhnisch aus der Küche.

Er wendet sich wieder dem Bildschirm zu und schließt die Finger fest um das zierliche Knie seiner Tochter.

Simone hat keinen richtigen Esstisch. Adèle hilft ihr, die Teller auf zwei niedrigen Tischchen zu verteilen, die jeweils aus einem runden Bronzetablett mit hölzernem Gestell bestehen. Sie essen im Wohnzimmer, Kader und Adèle sitzen auf der Bank, Richard und Simone auf kleinen Poufs aus blauem Satin. Richard kann kaum verbergen, wie unbequem seine Position ist. Seine eins neunzig sind ihm im Weg, und er isst mit den Knien am Kinn.

»Ich gehe nach Lucien sehen«, entschuldigt sich Adèle.

Sie betritt ihr altes Kinderzimmer. Lucien schläft, sein Kopf hängt halb aus dem Bett. Sie schiebt den Körper des Kindes an die Wand und legt sich daneben. Sie hört die Musik aus dem Lido und schließt die Augen, um ihre Mutter zum Schweigen zu bringen. Sie ballt die Hände zu Fäusten, hört nur noch die mitreißende Musik des Kabaretts, und ihre Lider füllen sich mit Strass und Sternen. Sie bewegt sacht die Arme, hängt sich an die Schultern der Tänzerinnen. Jetzt tanzt auch sie, verführerisch, schön und lächerlich, so herausgeputzt wie ein Zirkustier. Sie hat keine Angst mehr. Sie ist nur noch ein Körper, dargeboten zur Freude der Touristen und Rentner.

Die Feiertage sind vorbei, Paris erwartet sie, die Einsamkeit, Xavier.

Endlich kann sie wieder Mahlzeiten auslassen, schweigen, Lucien wem auch immer anvertrauen. Zehn, neun, acht, sieben, sechs, fünf, vier, drei, zwei, eins: Frohes neues Jahr, Adèle!

Nichts war gelaufen wie geplant. Zuerst hatten sie kein Auto gefunden. Adèle war fünfzehn Jahre alt, Louis siebzehn, aber er hatte ihr versichert, dass einer seiner Freunde, ein mehrfacher Sitzenbleiber, der während des Unterrichts vor dem Gymnasium rumhing, sie mit dem Auto seines Vaters zum Strand bringen könnte. Sonntagmorgen ließ der Freund sich nicht blicken. »Egal, wir nehmen den Bus.« Adèle hat nichts gesagt. Sie hat verschwiegen, dass ihre Mutter ihr verboten hatte, die öffentlichen Verkehrsmittel zu benutzen, erst recht, um die Stadt zu verlassen, erst recht mit Jungs. Sie haben über zwanzig Minuten auf den Bus gewartet. Adèle trug eine zu enge Jeans, ein schwarzes T-Shirt und einen Büstenhalter, der ihrer Mutter gehörte. Sie hatte sich die Beine rasiert, nachts, in dem kleinen Bad. Sie hatte sich im Lebensmittelladen einen Männerrasierer gekauft und sich angestellt wie ein Idiot. Ihre Beine waren voller Kratzer. Sie hoffte, dass man es nicht sehen würde.

Im Bus hat sich Louis neben sie gesetzt. Er hat den Arm um ihre Schultern gelegt. Er wollte sich lieber mit ihr unterhalten als mit seinen Freunden. Sie hat sich gesagt, dass er sie wie seine Frau behandelte, als würde sie ihm gehören, und das gefiel ihr.

Die Fahrt dauerte über eine halbe Stunde, und danach mussten sie noch ein Stück laufen, um das Haus von Louis' Freund zu erreichen, das berühmte Strandhaus, dessen Schlüssel er ihm gegeben hatte. Und eben diese Schlüssel passten nicht ins Schlüsselloch. Man bekam die Türe damit nicht auf. Louis mochte es noch so gewaltsam oben und unten, an der Hinter- und der Vordertür versuchen, es half nichts. Sie hatten den weiten Weg auf sich genommen, Adèle hatte ihre Eltern angelogen, sie war hier, als einziges Mädchen mit vier Jungs, Joints, Alkohol, und der Schlüssel passte nicht.

»Wir gehen über die Garage rein«, hat Frédéric vorgeschlagen, der das Haus kannte und sicher war, dass man auf diese Weise hineinkommen konnte. »Da ist kein Auto drin«, hat er hinzugefügt.

Frédéric ist als Erster durch das kleine Fenster geklettert, das man leicht einschlagen konnte, das aber zwei Meter über dem Boden lag. Louis wollte Adèle helfen, doch sie hat einen auf cool gemacht und ist beidbeinig in die feuchte Garage gesprungen. Ans Meer fahren, um dann, in einer dunklen Garage eingesperrt, auf schimmligen Handtüchern auf dem Betonboden zu sitzen. Immerhin hatten sie Alkohol, Joints und sogar eine Gitarre. In den kleinen Mägen, den schmalen Brustkörben musste all das gute Zeug genügen, um das Meer zu ersetzen.

Adèle hatte getrunken, um sich Mut zu machen. Es war so weit. Sie würde nicht drum herumkommen. Es gab zu wenige Gelegenheiten, zu wenige ungestörte Orte, zu wenige Strandhäuser, als dass Louis einen Rückzieher machen würde. Und außerdem hatte sie ziemlich dick aufgetragen. Sie hatte ihm erzählt, dass sie sich mit diesen Dingen auskennen würde, dass sie keine Angst hätte. Dass sie schon andere Jungs getroffen habe. Sie hockte angeschickert auf dem eisigen Boden und fragte sich, ob er es merken würde. Ob diese Art Lügen herauskamen oder ob sie ihm etwas vormachen konnte.

Die Stimmung hatte sich eingetrübt, die Welt war irgendwie grau geworden. Die Sehnsucht, wieder ein Kind zu sein, schnürte ihr die Kehle zu. Ein letztes Aufbäumen der Unschuld brachte sie beinahe dazu, es sein zu lassen. Der Nachmittag verging schneller als erwartet, und die Jungs haben einen Vorwand gefunden, um die Garage zu verlassen. Sie hörte sie draußen scharren wie die Ratten. Louis hat sie ausgezogen, sich auf den Rücken gelegt und sie auf sich draufgesetzt.

So hatte sie sich das nicht vorgestellt. Diese Ungeschicklichkeit, diese umständlichen Gesten, die grotesken Bewegungen. Die Schwierigkeit, sein Glied in sie reinzubekommen. Er wirkte nicht besonders glücklich, eher wild entschlossen, mechanisch. Als wollte er irgendwo hingelangen, nur sie wusste nicht, wohin. Er hat ihre Hüften umklammert und sich vor und zurück bewegt. Er fand sie ungeschickt und lahm. Sie hat gesagt: »Ich hab zu viel getrunken, glaub ich.« Er hat sie auf die Seite gelegt, mit angewinkelten Beinen, und das ging noch schlechter. Mit seinen ungeduldigen Händen hat er sein Glied gepackt, um in sie einzudringen. Sie wusste nicht, ob sie sich bewegen oder stillhalten, ob sie ruhig sein oder kleine Schreie ausstoßen sollte.

Sie sind zurückgefahren. Im Bus hat Louis sich neben sie gesetzt. Er hat den Arm um ihre Schultern gelegt.

»So ist das also, seine Frau zu sein?«, hat Adèle sich gedacht. Sie fühlte sich zugleich schmutzig und stolz, gedemütigt und siegreich. Leise hat sie ihre Wohnung betreten. Simone saß vor dem Fernseher, und Adèle ist schnell ins Bad gehuscht.

»Ein Bad um diese Zeit? Für wen hältst du dich eigentlich? Die Königin von Saba?«, hat ihre Mutter geschrien.

Adèle hat sich in das kochend heiße Wasser gelegt, sie hat den Finger in ihre Vagina gesteckt in der Hoffnung, etwas darin zu finden. Einen Beweis, ein Zeichen. Ihre Vagina war leer. Sie bedauerte, dass sie kein Bett gehabt hatten. Dass es nicht etwas heller gewesen war in dieser kleinen Garage. Sie wusste nicht mal, ob sie geblutet hatte.

Sechs Euro neunzig. Jeden Tag sucht sie sechs Euro neunzig in Münzen zusammen und kauft einen Schwangerschaftstest. Es ist zur Obsession geworden. Jeden Morgen nach dem Aufstehen geht sie ins Bad, kramt in einem Täschchen, in dem sie die rosa-weiße Schachtel versteckt hat, und pinkelt auf den schmalen Streifen. Sie wartet fünf Minuten. Fünf Minuten reinster, vollkommen irrationaler Panik. Der Test ist negativ. Für ein paar Stunden ist sie erleichtert, doch am selben Abend, sobald sie feststellt, dass sie ihre Regel noch immer nicht bekommen hat, geht sie wieder in die Apotheke und kauft einen neuen Test. Vielleicht ist das ihre größte Furcht. Von einem anderen Mann schwanger zu werden. Es Richard nicht sagen zu können oder, schlimmer noch, mit ihrem Mann schlafen und vorgeben zu müssen, das Kind wäre von ihm. Und dann kommt ihre Regel. Ihr Bauch fühlt sich schwer und hart an, sie beginnt die Krämpfe zu lieben, die sie den ganzen Abend mit an die Brust gezogenen Beinen ans Bett fesseln.

Eine Zeitlang machte sie jede Woche einen Aidstest. Sie erwartete das Ergebnis starr vor Angst. Nach dem Aufwachen rauchte sie Joints, sie hungerte und schleppte sich schließlich ungekämmt und nur mit einem Mantel über dem Pyjama durch die Gänge des Hôpital de la Salpêtrière, um sich die gelbe Karte abzuholen, auf der stand: »negativ«.

Adèle hat Angst zu sterben. Eine heftige Angst, die sie an der Kehle packt und sie daran hindert, klar zu denken. Dann beginnt sie, ihren Bauch abzutasten, ihre Brüste, ihren Nacken und findet dort Knoten, die sicherlich Anzeichen eines aggressiven und entsetzlich schmerzhaften Krebses sind. Sie schwört sich, mit dem Rauchen aufzuhören. Sie hält eine Stunde lang durch, einen Nachmittag, einen Tag. Sie wirft alle Zigaretten weg, kauft Kaugummipackungen. Sie läuft stundenlang um die Rotunde des Parc Monceau. Dann sagt sie sich, dass es sich nicht lohnt, mit einem solch ungestillten Verlangen zu leben, einem so offensichtlichen, grundlegenden Verlangen. Dass man verrückt oder vollkommen bescheuert sein muss, sich diesen Entzug anzutun, sich diesem Leiden auszusetzen und dabei zu hoffen, dass es so lange wie möglich dauert. Sie öffnet alle Schubladen, kehrt die Taschen ihrer Mäntel um. Sie leert ihre Handtaschen aus, und wenn sie nicht das Glück hat, ein vergessenes Päckchen zu finden, dann liest sie vom Balkon eine Kippe mit schwarzem Filter auf, schneidet das Ende ab und saugt gierig daran.

Ihre Obsessionen verzehren sie. Sie kann nichts dagegen tun. Da ihr Leben Lügen erfordert, verlangt es eine aufreibende Organisation, die sie ganz und gar in Beschlag nimmt. Die sie auffrisst. Eine vorgetäuschte Reise organisieren, sich einen Anlass ausdenken, ein Zimmer buchen. Das richtige Hotel finden. Zehnmal an der Rezeption anrufen, um sich immer wieder versichern zu lassen: »Ja, natürlich gibt es eine Badewanne. Nein, das Zimmer ist nicht hellhörig, machen Sie sich keine Sorgen.« Lügen, aber sich nicht zu sehr rechtfertigen. Rechtfertigungen erregen immer Verdacht.

Die Garderobe für ein Rendezvous auswählen, ununterbrochen daran denken, während des Abendessens seinen Schrank aufreißen und Richard, der fragt: »Was machst du denn da?«, antworten: »Ach, entschuldige, dieses eine Kleid ... ich weiß nicht mehr, wo es ist.«

Rechnen, zwanzigmal. Bargeld abheben, keine einzige Spur hinterlassen. Für feine Dessous, die Fahrten mit dem Taxi und sündhaft teure Cocktails in der Hotelbar das Konto überziehen.

Schön sein, bereit sein. Die falschen Prioritäten setzen, unweigerlich.

Wegen eines zu langen Kusses den Termin beim Kinderarzt verpassen. Sich zu sehr schämen, um es noch mal beim selben Kinderarzt zu versuchen, der jedoch kompetent ist. Zu bequem sein, um einen neuen auszuwählen. Sich sagen, dass Lucien, dessen Vater Mediziner ist, nicht so dringend einen Kinderarzt braucht.

Sie hat das Klapphandy gekauft, das sie nie aus ihrer Tasche nimmt und von dessen Existenz Richard nichts weiß. Sie hat sich einen zweiten Computer zugelegt, den sie auf ihrer Seite, am Fenster, unter dem Bett versteckt. Sie behält keinerlei Spuren zurück, keine Rechnung, keinen Beweis. Sie hütet sich vor verheirateten Männern, vor sentimentalen, vor hysterischen, vor alten Junggesellen, jungen Romantikern, Liebhabern aus dem Internet, Freunden von Freunden.

Richard ruft um sechzehn Uhr an und entschuldigt sich. Er hat Bereitschaftsdienst. Es ist der zweite Abend in Folge, er hätte ihr Bescheid sagen sollen. Aber es ging nicht anders, ein Gefallen, den er seinem Kollegen nicht abschlagen konnte.

»Xavier. Erinnerst du dich?«

»Ah, ja. Der Typ von dem Abendessen. Ich kann nicht lange mit dir sprechen, ich warte vorm Kindergarten auf den Kleinen. Dann werde ich wohl ins Kino gehen. Ich hatte sowieso schon Maria gefragt, ob sie auf Lucien aufpasst.«

»Ja, sehr gut, geh ins Kino. Erzähl mir dann, wie's war.«

Zum Glück bittet er sie nie, etwas zu erzählen.

An diesem Abend trifft Adèle Xavier. Am Tag ihrer Rückkehr nach Paris hat sie sich im Bad eingeschlossen, um ihm eine Nachricht zu schicken. »Ich bin da.« Sie haben beschlossen, sich heute Abend wiederzusehen. Adèle hat sich ein cremefarbenes, sehr schlichtes Kleid gekauft und ein Paar schwarz gepunktete Strümpfe. Sie wird flache Schuhe anziehen. Xavier ist klein.

Adèle sieht die Mütter vor dem Kindergarten miteinander lachen. Sie legen ihren Kindern die Hände auf die Schultern, versprechen, zum Bäcker zu gehen und zum Karussell. Als Lucien herauskommt, schleift er seinen Mantel hinter sich her.

»Zieh dich an, Lucien. Es ist kalt, komm, ich mach dir den Mantel zu.« Adele geht vor ihrem Sohn in die Hocke, der sie schubst und aus dem Gleichgewicht bringt.

»Ich will den Mantel nicht!«

»Lucien, ich habe keine Lust zu streiten. Nicht jetzt, nicht auf der Straße. Du ziehst deinen Mantel an.«

Sie schiebt ihre Hand unter den Pulli ihres Sohnes und zwickt ihn heftig in den Rücken. Sie fühlt, wie das zarte Fleisch zwischen ihren Fingern nachgibt. »Du ziehst deinen Mantel an, Lucien. Keine Diskussion.«

Während sie mit dem kleinen Jungen an der Hand nach Hause geht, fühlt sie sich schuldig. Sie hat einen Knoten im Magen. Sie zerrt ihren Sohn weiter, der bei jedem Auto stehen bleibt, um seine Form und seine Farbe zu kommentieren. Immer wieder sagt sie: »Beeil dich!«, und schleift das Kind hinter sich her, das nicht folgt und sich weigert weiterzugehen. Alle sehen sie an.

Sie würde sich gern Zeit lassen können. Geduldig sein, jeden Moment mit ihrem Sohn genießen. Aber heute will sie nur eins, ihn so schnell wie möglich abfertigen. Es wird nicht lange dauern, in zwei Stunden wird sie frei sein, er wird gebadet und gegessen haben, er wird bockig gewesen sein, und sie wird geschrien haben. Maria wird kommen, Lucien wird anfangen zu weinen.

Sie verlässt die Wohnung. Sie macht vor einem Kino halt, kauft ein Ticket und steckt es in ihre Manteltasche. Sie ruft ein Taxi.

Adèle sitzt im Dunkeln in einem Haus in der Rue du Cardinal Lemoine, auf einer Treppenstufe zwischen der ersten und der zweiten Etage. Sie ist niemandem begegnet. Sie wartet.

Er müsste gleich da sein.

Sie hat Angst. Jemand anders könnte kommen, jemand, den sie nicht kennt und der ihr vielleicht etwas Böses will. Sie zwingt sich, nicht auf die Uhr zu sehen. Sie holt ihr Telefon nicht aus der Handtasche. Es geht sowieso nie etwas schnell genug. Sie lässt sich nach hinten fallen, legt die Handtasche unter ihren Kopf und schiebt das knielange, cremefarbene Kleid hoch. Es ist ein leichtes Kleid, zu leicht für die Jahreszeit. Aber der Rock hebt sich, wenn man sich um sich selbst dreht, wie ein richtiger Kleinmädchenrock. Adèle fährt sich mit den Nägeln sacht über den Oberschenkel. Sie tastet sich langsam höher, schiebt ihr Höschen zur Seite und legt die Hand dorthin. Fest. Sie spürt, wie ihre Lippen anschwellen, wie das Blut unter ihren Fingern pulsiert. Sie packt ihre Scheide mit der Faust, krallt die Hand brutal zusammen. Sie kratzt sich vom Anus bis zur Klitoris. Sie dreht das Gesicht zur Wand, zieht die Beine an und befeuchtet ihre Finger. Einmal hat ein Mann auf ihre Scheide gespuckt. Das hat ihr gefallen.

Der Zeige- und der Mittelfinger. Mehr braucht es nicht. Eine schnelle, geschmeidige Bewegung, wie ein Tanz. Eine gleichmäßige, ganz natürliche und unendlich erniedrigende Liebkosung. Es klappt nicht. Sie hört auf, fängt dann wieder an. Sie schüttelt den Kopf wie ein Pferd, das die Fliegen von seinen Nüstern vertreibt. Man muss ein Tier sein, um solche Dinge zu können. Vielleicht vermag sie ja, wenn sie schreit, wenn sie stöhnt, das Zucken besser zu spüren, die Befreiung, den Schmerz, die Wut. Sie murmelt ein paar kleine »Ahs«. Nicht mit dem Mund, sondern mit dem Bauch müsste man stöhnen. Nein, man muss ein Vieh sein, um sich so gehen zu lassen. Man darf keinerlei Würde haben, denkt Adèle in dem Moment, als die Haustür geöffnet wird. Jemand hat den Aufzug gerufen. Sie rührt sich nicht. Schade, dass er nicht die Treppe genommen hat.

Xavier kommt aus dem Aufzug, holt ein Schlüsselbund aus seiner Tasche. Als er gerade die Tür öffnet, legt Adèle, die ihre Schuhe ausgezogen hat, die Hände an seine Hüften. Er fährt zusammen und stößt einen Schrei aus.

»Bist du das? Du hast mich vielleicht erschreckt. Ein etwas seltsames Vorspiel, findest du nicht?«

Sie zuckt mit den Schultern und betritt die Junggesellenwohnung.

Xavier redet viel. Adèle hofft, dass er endlich die Flasche Wein aufmacht, die er seit bald einer Viertelstunde in der Hand hält. Sie steht auf und reicht ihm den Korkenzieher.

Das ist der Moment, den sie am meisten mag.

Der vor dem ersten Kuss, der Nacktheit, den intimen Berührungen. Dieser Moment der Unschlüssigkeit, in dem noch alles möglich ist, in dem sie die Hexenmeisterin ist. Sie trinkt gierig einen Schluck. Ein Tropfen Wein rinnt über ihre Lippe, das Kinn hinab und landet auf dem Kragen ihres Kleides, ehe sie ihn aufhalten kann. Das ist ein Detail der Geschichte, und sie ist es, die sie schreibt. Xavier ist fiebrig, schüchtern. Er ist nicht ungeduldig, sie ist ihm dankbar, dass er sich ein Stück von ihr entfernt hinsetzt, auf den unbequemen Stuhl. Adèle hat mit angezogenen Beinen auf dem Sofa Platz genommen. Sie betrachtet Xavier mit ihrem sumpfigen Blick, zähflüssig und undurchdringlich.

Sein Mund nähert sich, und ein Stromstoß durchfährt Adèles Bauch. Er erreicht ihre Vagina, lässt sie aufplatzen, fleischig und saftig, wie eine Frucht, die man schält. Der Mund des Mannes schmeckt nach Wein und Zigarillos. Ein Geschmack nach Wald und russischen Landschaften. Sie hat Lust auf ihn, und eine solche Lust ist beinahe ein Wunder. Sie will ihn, ihn und seine Frau und diese Geschichte und diese Lügen und die kommenden Nachrichten und die Geheimnisse und die Tränen und selbst den unvermeidlichen Abschied. Er streift ihr das Kleid ab. Seine langen, knochigen Chirurgenhände berühren kaum ihre Haut. Seine Gesten sind sicher, geschickt, delikat. Er wirkt unbeteiligt und plötzlich wild, unkontrollierbar. Er hat ein sicheres Gespür für die Dramaturgie, stellt Adèle erfreut fest. Er ist jetzt so nah, dass ihr schwindlig wird. Sein Atem lähmt ihre Gedanken. Sie ist weich, leer, ihm vollkommen ausgeliefert.

Er begleitet sie zum Taxistand, presst die Lippen an ihren Hals. Adèle springt in den Wagen, ihr Haar ist verwuschelt, ihr Körper von Liebe getränkt. Ihre mit Gerüchen, Zärtlichkeiten und Speichel gesättigte Haut strahlt in neuer Frische. Jede Pore verrät sie. Ihr Blick glänzt feucht. Sie wirkt wie eine Katze, lässig und kess. Sie zieht ihre Vagina zusammen, und ein wohliger Schauder durchläuft sie, als wäre die Lust nicht ganz aufgebraucht, als berge ihr Körper noch so lebendige Erinnerungen, dass sie sie jeden Moment heraufbeschwören und genießen könnte.

Paris liegt wie ausgestorben da im orangefarbenen Schein der Straßenlaternen. Der eisige Wind hat die Brücken leer gefegt, die Stadt von Passanten befreit, das Pflaster sich selbst überlassen. In einen dicken Umhang aus Nebel gehüllt, bietet die Stadt Adèle den idealen Nährboden für Träumereien. Sie fühlt sich beinahe wie ein Eindringling in dieser Umgebung, sie sieht aus dem Fenster, als spicke sie durch ein Schlüsselloch. Die Stadt erscheint ihr endlos, sie fühlt sich anonym. Sie kann nicht glauben, dass sie an irgendjemanden gebunden sein soll. Dass jemand sie erwartet. Dass man auf sie zählen könnte.

Sie geht nach Hause, zahlt Maria, die wie jedes Mal meint, ihr sagen zu müssen: »Der Kleine hat nach Ihnen gefragt, heute Abend. Er hat lange gebraucht, um einzuschlafen.« Adèle zieht sich aus, vergräbt die Nase in ihren schmutzigen Kleidungsstücken, die sie zusammengerollt in einem Schrank versteckt. Morgen wird sie Xaviers Duft darin suchen.

Als sie im Bett liegt, klingelt ihr Telefon.

»Madame Robinson? Sind Sie die Frau von Doktor Richard Robinson? Verzeihen Sie, dass ich Sie um diese Zeit anrufe, aber es ist so, bleiben Sie bitte ganz ruhig, Ihr Mann hatte einen Unfall mit dem Motorroller, vor einer Stunde auf dem Boulevard Henri-IV. Er ist bei Bewusstsein und außer Lebensgefahr, aber er hat sehr schwere Verletzungen an den Beinen erlitten. Er wurde hierhergebracht, ins Salpêtrière, und wird gerade untersucht. Mehr kann ich Ihnen im Moment nicht sagen, aber natürlich dürfen Sie zu ihm, wann immer Sie es wünschen. Er wird Ihre Unterstützung gut gebrauchen können.«

Adèle ist müde. Sie versteht nicht recht. Sie ermisst die Tragweite der Situation nicht. Sie könnte ein bisschen schlafen, sagen, sie hätte das Handy nicht gehört. Aber es ist zu spät. Die Nacht ist ruiniert. Sie geht in Luciens Zimmer. »Schätzchen, mein Liebling, wir müssen los.« Sie wickelt ihn in eine Decke und nimmt ihn auf den Arm. Er wacht nicht auf, als sie mit ihm ins Taxi steigt. Unterwegs ruft sie Lauren an, zehnmal antwortet ihr die freundliche Stimme der Sprachbox. Nervös und immer gereizter versucht sie es wieder und wieder.

Sie bittet den Taxifahrer, vor Laurens Haus auf sie zu warten.

»Ich gebe den Kleinen ab und komme wieder runter.«

Der Fahrer verlangt mit starkem chinesischen Akzent, dass sie ihm Geld dalässt.

»Scheren Sie sich zum Teufel«, erwidert Adèle und wirft ihm einen Zwanzigeuroschein hin.

Den schlafenden Lucien auf dem Arm, betritt sie das Haus und klingelt an Laurens Wohnungstür.

»Warum bist du nicht rangegangen? Bist du sauer?«

»Ach was«, sagt Lauren mit belegter Stimme und zerknautschtem Gesicht. Sie trägt einen Kimono, der ihr viel zu klein ist und gerade so ihre Pobacken bedeckt. »Ich hab einfach nur geschlafen. Was ist los?«

»Ich dachte, du wärst beleidigt. Wegen neulich Abend. Ich dachte, dass du mich nicht mehr magst, dass du genug von mir hast und auf Abstand gehst...«

»Was redest du da? Adèle, was ist los?«

»Richard hatte einen Unfall mit dem Roller.«

»Oh, Scheiße.«

»Es scheint nicht so schlimm zu sein. Sein Bein muss operiert werden, aber es geht. Ich muss ins Krankenhaus und kann Lucien nicht mitnehmen. Ich weiß nicht, wen ich sonst fragen soll.«

»Ja, ja, gib ihn mir.« Lauren streckt die Arme aus, Adèle beugt sich zu ihr und lässt den Körper des kleinen Jungen langsam an Laurens Brust gleiten, die ihn in seiner Decke an sich drückt. »Halt mich auf dem Laufenden. Und mach dir um ihn keine Sorgen.«

»Wie gesagt, ich glaube nicht, dass es ernst ist.«

»Ich meinte deinen Sohn«, flüstert Lauren, während sie die Tür schließt.

Adèle ruft ein Taxi. Man kündigt ihr eine Wartezeit von zehn Minuten an. Sie bleibt in der dunklen Eingangshalle, hinter der Glastür. In Sicherheit. Sie fürchtet sich, um diese Zeit draußen zu warten, die Gefahr ist zu groß, überfallen zu werden, vergewaltigt. Sie sieht das Taxi kommen, das am Haus vorbeifährt und zweihundert Meter weiter an der Straßenecke hält. »Was für ein Idiot!« Adèle öffnet die Tür und rennt zum Wagen.

Sie setzt sich ins Wartezimmer im sechsten Stock. »Der Doktor wird zu Ihnen kommen, sobald er fertig ist.« Adèle lächelt schüchtern. Sie blättert in einer Zeitschrift, wickelt ihre Beine umeinander, bis ihr die Waden einschlafen. Seit einer Stunde sitzt sie hier und sieht die Krankenbetten vorbeirollen, hört junge Assistenzärzte mit den Krankenschwestern scherzen. Sie hat Odile angerufen, die beschlossen hat, mit dem ersten Zug am nächsten Morgen herzukommen, um ihren Sohn zu sehen. »Das wird hart für Sie werden, meine kleine Adèle. Ich werde Lucien mit zu mir nehmen, damit Sie sich in Ruhe um Richard kümmern können.«

Adèle macht sich keine Sorgen, sie ist nicht bedrückt. Dabei ist dieser Unfall auch ein bisschen ihre Schuld. Hätte Xavier nicht seinen Dienst mit Richard getauscht, hätte sie ihn nicht auf diese lächerliche Idee gebracht, hätten sie einander nicht unbedingt sehen wollen, dann wäre ihr Mann jetzt wohlbehalten zu Hause. Sie würde zu dieser Zeit friedlich neben ihm schlafen, ohne sich mit den Komplikationen herumschlagen zu müssen, die dieser Unfall gewiss nach sich ziehen wird.

Doch vielleicht ist der Unfall ein Geschenk des Himmels. Ein Zeichen, eine Erlösung. Wenigstens für ein paar Tage wird sie die Wohnung ganz für sich allein haben. Lucien wird bei seiner Großmutter sein. Niemand wird kontrollieren können, wann sie kommt und geht. Sie versteigt sich sogar zu dem Gedanken, dass es noch besser hätte kommen können.

Richard hätte sterben können.

Sie wäre zur Witwe geworden.

Einer Witwe sieht man vieles nach. Kummer ist eine hervorragende Entschuldigung. Für den Rest ihres Lebens könnte sie eine Dummheit nach der anderen begehen, eine Eroberung an die andere reihen, und man würde sagen: »Der Tod ihres Mannes hat sie gebrochen. Sie kommt einfach nicht darüber hinweg.« Nein, das ist kein passendes Szenario. In diesem Wartesaal, in dem man sie gebeten hat, Formulare und Fragebögen auszufüllen, kommt sie nicht umhin zu erkennen, dass Richard für sie unverzichtbar ist. Sie könnte nicht ohne ihn sein. Sie wäre vollkommen hilflos und gezwungen, sich dem Leben zu stellen, dem wahren, schrecklichen, konkreten Leben. Sie müsste alles neu lernen, alles selbst erledigen und demnach die Zeit, die sie der Liebe widmet, mit Papierkram vergeuden.

Nein, Richard darf niemals sterben. Nicht vor ihr.

»Madame Robinson? Ich bin Doktor Kovac.«

Adèle erhebt sich ungeschickt, sie kann kaum stehen, so steif und taub sind ihre Beine. »Ich war es, der Sie vorhin angerufen hat. Eben habe ich die CT-Bilder bekommen, die Verletzungen sind sehr schwer. Am rechten Bein haben wir zum Glück nur oberflächliche Wunden. Aber das linke Bein weist mehrere Frakturen auf, der Schienbeinkopf ist zertrümmert, die Bänder sind gerissen.«

»Gut. Und was heißt das konkret?«

»Konkret heißt das, dass Ihr Mann in den nächsten Stunden operiert werden muss. Danach wird er einen Gips bekommen, und anschließend müssen Sie mit einer langwierigen Reha-Behandlung rechnen.«

»Wird er lange hierbleiben müssen?«

»Eine Woche, vielleicht zehn Tage. Machen Sie sich keine Sorgen, Ihr Mann kommt wieder nach Hause. Wir bereiten ihn jetzt für die Operation vor. Ich gebe einem Pfleger Bescheid. Er soll Sie anrufen, wenn Ihr Mann wieder auf sein Zimmer gebracht wird.«

»Ich warte hier.«

Nach einer Stunde wechselt sie den Platz. Sie mag nicht vor diesen Aufzügen sitzen, deren Türen sich auf alles Unglück der Welt hin öffnen. Sie findet einen Stuhl am Ende des Gangs, neben dem Schwesternzimmer. Sie sieht zu, wie sie Akten ablegen, Medikamente vorbereiten, von einem Zimmer zum anderen gehen. Sie hört das leise Knirschen ihrer Gesundheitsschuhe auf dem Linoleum. Sie lauscht ihren Gesprächen. Einer Pflegehelferin fällt ein Glas von einem Wagen, den sie zu unsanft schiebt. In Zimmer 6095 verweigert eine Patientin halsstarrig die Behandlung. Adèle sieht sie nicht, aber sie errät, dass sie alt ist und dass die Schwester, die mit ihr spricht, an ihre Capricen bereits gewöhnt ist. Dann verstummen die Geräusche. Im Flur wird es dunkel. Die Krankheit weicht dem Schlaf.

Vor drei Stunden legte sich Xaviers Hand auf ihre Scheide.

Adèle steht auf. Ihr tut der Nacken weh. Sie sucht die Toilette, verirrt sich in den leeren Fluren, kehrt wieder um, läuft im Kreis. Schließlich drückt sie eine Sperrholztür auf und steht in einem völlig kaputten Klo. Der Riegel schließt nicht. Es gibt kein warmes Wasser, zitternd benetzt sie sich Gesicht und Haare. Sie spült sich den Mund aus, um für den kommenden Tag bereit zu sein. Sie hört ihren Namen im Gang. Ja, da hat jemand »Robinson« gesagt. Man sucht sie. Nein, das war an ihren Mann gerichtet. An Richard, der auf diesem Krankenbett liegt. Da ist er, vor Zimmer 6090, Richard, blass, schwitzend und elend in seinem blauen Kittel. Seine Augen sind geöffnet, aber Adèle fällt es schwer zu glauben, dass er wach ist. Sein Blick ist leer. Nur seine Hände, die das Laken umklammern, um es hochzuziehen, seine Hände, die seine Blöße verbergen, nur seine Hände zeigen, dass er bei Bewusstsein ist.

Die Schwester schiebt das Bett ins Zimmer. Sie schließt die Tür vor Adèle, die darauf wartet, dass man ihr erlaubt einzutreten. Sie weiß nicht, wo sie ihre Arme lassen soll. Sie sucht nach etwas, das sie sagen kann, einem tröstenden Satz, einem beruhigenden Wort.

»Sie dürfen jetzt zu ihm.«

Adèle setzt sich rechts neben das Bett. Richard dreht den Kopf leicht zu ihr hin. Er öffnet den Mund, dicke Spuckefäden verkleben seine Lippen. Er riecht schlecht. Nach Schweiß und Angst. Adèle legt ihren Kopf aufs Kopfkissen, und sie schlafen gleichzeitig ein. Stirn an Stirn.

Um elf Uhr verlässt sie Richard. »Ich muss Lucien abholen. Lauren, die Arme, wartet bestimmt schon auf mich.« Im Aufzug trifft sie den Chirurgen, der ihren Mann vorhin operiert hat. Er trägt Jeans und eine Lederjacke. Er ist jung. Gerade fertig mit der Assistenzzeit, vielleicht sogar noch nicht mal. Sie stellt sich vor, wie er Körper öffnet, mit Knochen hantiert, sägt, richtet, einrenkt. Sie betrachtet seine Hände, seine langen Finger, die die Nacht in Blut und Schleim verbracht haben.

Sie senkt die Augen. Sie tut so, als würde sie ihn nicht erkennen. Auf der Straße folgt sie ihm unwillkürlich. Er geht schnell, sie beschleunigt ihren Schritt. Sie beobachtet ihn vom Bürgersteig gegenüber. Er holt eine Zigarette aus seiner Jacke, sie überquert die Straße und stellt sich vor ihn.

»Haben Sie Feuer?«

»Ah, ja, warten Sie«, sagt er überrascht und befühlt seine Taschen. »Sie sind die Frau von Doktor Robinson. Machen Sie sich keine Sorgen. Es ist ein böser Bruch, aber er ist jung, er wird sich schnell erholen.«

»Ja, natürlich, das haben Sie mir vorhin auf der Station

auch gesagt. Ich mache mir keine Sorgen.« Er lässt den Zündstein klacken. Die Flamme erlischt. Er schützt sie mit der rechten Hand, doch ein Lufthauch bläst die Flamme wieder aus. Adèle reißt ihm das Feuerzeug aus den Fingern.
»Gehen Sie nach Hause?«
»Äh, ja.«
»Wartet jemand auf Sie?«
»Ja. Na ja, warum? Kann ich Ihnen helfen?«
»Möchten Sie etwas trinken gehen?«
Der Arzt sieht sie an und bricht dann in ein lautes, fröhliches, jungenhaftes Lachen aus. Adèles Züge entspannen sich. Sie lächelt, sie ist schön. Dieser Typ liebt das Leben. Er hat die weißen Zähne eines Zauberers und einen sinnlichen Blick.
»Warum nicht? Wenn Sie wollen.«

Adèle besucht Richard jeden Tag. Bevor sie das Zimmer betritt, steckt sie den Kopf durch die Tür. Wenn ihr Mann wach ist, schenkt sie ihm ein betretenes und mitfühlendes Lächeln. Sie bringt Zeitschriften, Schokolade, ein warmes Baguette oder frisches Obst. Doch nichts scheint ihn zu erfreuen. Er lässt das Baguette hart werden. Im Zimmer hängt der Geruch überreifer Bananen.

Er hat auf nichts Lust. Nicht mal, mit Adèle zu reden, die auf dem unbequemen Hocker rechts neben dem Bett sitzt und sich bemüht, ein Gespräch in Gang zu halten. Sie blättert durch die Zeitschriften, kommentiert den neusten Klatsch, aber Richard antwortet kaum. Schließlich schweigt sie. Sie sieht aus dem Fenster auf den Krankenhauskomplex, der so groß ist wie eine Stadt, auf die Hochbahn und den Gare d'Austerlitz.

Richard hat sich seit einer Woche nicht rasiert, und der schwarze, ungleichmäßige Bart lässt seine Züge härter wirken. Er hat sehr abgenommen. Er liegt da mit seinem eingegipsten Bein und starrt an die Wand gegenüber, niedergeschmettert von dem Gedanken an die Wochen, die ihm bevorstehen.

Jedes Mal nimmt sie sich fest vor, den Nachmittag mit ihm zu verbringen, ihn abzulenken, auf den Arzt zu warten, um ihm Fragen zu stellen. Doch niemand kommt. Die Zeit vergeht umso schleppender, je mehr sie das Gefühl haben, dass man sie vergessen hat, es ist, als kümmere sich niemand um sie, als gäbe es dieses Zimmer gar nicht und als zöge sich der Nachmittag endlos hin. Nach einer halben Stunde beginnt sie immer, sich zu langweilen. Sie verlässt ihn und fühlt sich gleich besser. Sie kann nicht anders.

Sie hasst dieses Krankenhaus. Diese Gänge, in denen Hinkende, Bandagierte, Eingegipste, Verschorfte wieder laufen lernen. Diese Wartesäle, in denen ahnungslose Patienten darauf hoffen, dass ihnen das heilige Wort verkündet wird. Nachts im Schlaf hört sie die Stimme von Richards Zimmernachbarin, einer senilen Achtzigjährigen, die sich den Oberschenkelhals gebrochen hat und in einem fort schreit: »Lassen Sie mich, ich flehe Sie an, gehen Sie!«

Eines Nachmittags, als sie gerade loswill, betritt eine mollige und redselige Pflegerin das Zimmer. »Ah, sehr gut, Ihre Frau ist Sie besuchen gekommen. Sie kann uns beim Waschen helfen. Zu zweit geht es doch viel besser.« Richard und Adèle sehen sich an, die Situation ist ihnen entsetzlich unangenehm. Adèle schiebt die Ärmel ihres Pullovers hoch und nimmt den Waschlappen, den die Schwester ihr reicht.

»Ich halte ihn, und Sie schrubben ihm den Rücken. Sehen Sie, so.« Adèle fährt mit dem Waschlappen langsam über seinen Rücken, seine Schultern und unter seine behaarten Achseln. Sie lässt ihn hinunter bis zu seinen Pobacken gleiten. Sie tut es so sorgsam und zärtlich, wie sie nur kann. Richard senkt den Kopf, und sie weiß, dass er weint. »Ich wasche ihn alleine, wenn es Ihnen nichts ausmacht«, sagt sie zu der Krankenschwester, die etwas entgegnen will, es sich jedoch anders überlegt, als sie sieht, wie Richards Schultern zucken. Adèle setzt sich aufs Bett. Sie hält Richards Arm, reibt ihn ab, verweilt bei seinen langen Fingern. Sie weiß nicht, was sie sagen soll. Sie hat ihren Mann noch nie pflegen müssen, und diese Rolle irritiert und bedrückt sie. Egal, ob gebrochen oder wohlauf, Richards Körper bedeutet ihr nichts. Er löst keinerlei Empfindung bei ihr aus.

Zum Glück erwartet Xavier sie.

»Ich merke sehr wohl, wie dich das alles mitnimmt«, flüstert Richard plötzlich. »Es tut mir leid, dass ich so verschlossen und so hart zu dir bin. Ich weiß, dass das auch für dich sehr schwer ist, und ich mache mir Vorwürfe. Ich dachte, ich würde sterben, Adèle. Ich war so müde, dass mir andauernd die Augen zugefallen sind, und dann habe ich die Kontrolle über den Roller verloren. Es ging ganz langsam, ich habe alles genau gesehen, das Auto, das von vorne kam, die Straßenlaterne zu meiner Rechten. Ich bin etliche Meter gerutscht, es kam mir endlos vor. Ich dachte, das war's jetzt, ich würde draufgehen, wegen einer Bereitschaft zu viel. Das hat mir die Augen geöffnet. Heute früh habe ich dem Chefarzt eine Mail geschrieben und meine Kündigung eingereicht. Ich verlasse das Krankenhaus, ich könnte dort nicht mehr arbeiten. Ich habe ein Angebot für das Haus abgegeben und werde den Vertrag mit der Klinik in Lisieux unterschreiben. Du musst bei der Zeitung Bescheid sagen. Warte nicht bis zum letzten Moment, es wäre schade, im Unfrieden zu gehen. Wir fangen ganz neu an, Liebling. Dieser Unfall wird am Ende auch sein Gutes gehabt haben.«

Er schaut mit seinen geröteten Augen zu ihr auf, lächelt, und Adèle sieht den alten Mann, mit dem sie ihren Lebensabend verbringen wird. Sein ernstes Gesicht, den gelben Teint, die trockenen Lippen, ihre Zukunft. »Ich werde die Schwester rufen, den Rest kann sie ohne mich machen. Das Wichtigste ist, dass es dir wieder bessergeht. Denk nicht an all das, ruh dich aus. Wir sprechen morgen darüber.« Sie wringt zornig den Lappen aus, legt ihn auf den Nachttisch und verlässt den Raum, nachdem sie Richard noch einmal zugewunken hat.

Sie wird brutal aus dem Schlaf gerissen. Hat kaum Zeit, sich bewusst zu werden, dass sie nackt ist, dass sie friert und dass ihre Nase in einem vollen Aschenbecher steckt. Sie schüttelt sich vor Ekel, der Gestank wühlt ihre Eingeweide auf. Sie versucht, die Augen zuzumachen, dreht sich um, fleht die Müdigkeit an, sie zu verschlucken, sie aus dieser misslichen Lage zu befreien. Mit geschlossenen Lidern versinkt sie im schwankenden Bett. Ihre Zunge verkrampft sich, es tut höllisch weh. Aschgraue Blitze durchzucken ihren Schädel. Ihr Puls beschleunigt sich. Die Übelkeit verätzt ihr den Magen. Ihr Hals zittert. In ihrem Leib zieht sich alles zusammen. Der Sog, der dem Erbrechen vorausgeht. Sie versucht, die Beine hochzuheben, um ihr Gehirn besser zu durchbluten. Ihr fehlt die Kraft. Sie schafft es gerade noch, sich auf allen vieren ins Bad zu schleppen, wo sie den Kopf in die Toilettenschüssel steckt und eine saure graue Flüssigkeit ausspeit. Unter krampfhaftem Würgen entleert sie sich, durch den Mund, durch die Nase, sie meint zu sterben. Kaum denkt sie, dass es vorbei ist, geht es wieder los. Sie kotzt und windet sich wie eine Schlange dabei, ehe sie sich ausgelaugt wieder fallen lässt.

Sie rührt sich nicht mehr. Ausgestreckt auf den Fliesen, beruhigt sie sich langsam. Ihr Nacken ist klatschnass, ihr wird kalt, und das tut gut. Sie zieht die Knie an die Brust. Sie weint leise. Die Tränen verzerren ihr gelbes Gesicht, zerfurchen ihre von der Schminke ausgetrocknete Haut. Sie wiegt diesen Körper, der sie im Stich lässt, der sie anwidert, vor und zurück. Sie fährt sich mit der Zunge über die Zähne und fühlt ein Stück Essen an ihrem Gaumen.

Sie weiß nicht, wie viel Zeit vergangen ist. Sie weiß nicht, ob sie eingeschlafen ist. Sie kriecht über die Fliesen zur Dusche. Ganz langsam, Stück für Stück, steht sie wieder auf. Sie hat Angst, ohnmächtig zu werden und sich den Schädel an der Badewanne aufzuschlagen, sich wieder zu übergeben. Hockend, auf Knien, auf ihren Füßen. Sie kann sich kaum aufrecht halten. Sie würde am liebsten ihre Nägel in die Wand krallen, sie holt tief Luft und versucht, ein paar Schritte zu machen. Ihre Nase ist verstopft, verkrustet. Sie schmerzt. In der Dusche bemerkt sie das Blut, das an ihren Schenkeln hinabrinnt. Sie wagt nicht, ihre Scheide zu betrachten, aber sie weiß genau, dass sie blutig ist, aufgeplatzt und geschwollen wie ein Gesicht, auf das man eingeprügelt hat.

Sie kann sich an kaum etwas erinnern. Ihr Körper ist ihr einziger Anhaltspunkt. Sie wollte den Abend nicht ganz allein verbringen, das weiß sie noch. Es hat ihr schreckliche Angst gemacht, dass die Stunden verstrichen und sie noch immer nicht wusste, was sie mit dieser Nacht anfangen sollte, allein in ihrer Wohnung. Mehdi hat nach einer Stunde auf die Nachricht geantwortet, die sie auf seiner Website hinterlassen hatte. Er ist um einundzwanzig Uhr gekommen und hat, wie verabredet, einen Freund und fünf Gramm Kokain mitgebracht. Adèle hatte sich hübsch gemacht. Nur weil man zahlt, muss man nicht weniger auf sich achten. Sie haben sich ins Wohnzimmer gesetzt. Mehdi gefiel ihr sofort. Ratzekurzes Haar, Ganovenvisage, dunkles Zahnfleisch und Raubtiergebiss. Er trug ein Gliederarmband und kaute an den Fingernägeln. Er war wunderbar vulgär. Sein Kumpel war blond und zurückhaltend. Ein dünner Junge namens Antoine, der eine Stunde brauchte, ehe er seine Jacke auszog.

Sie schienen überrascht zu sein von der Wohnung und der modernen, geschmackvollen Einrichtung. Wie sie so auf dem Sofa saßen, wirkten sie wie zwei etwas verlegene kleine Bengel, die bei einer Erwachsenen zum Tee geladen waren. Adèle hat eine Flasche Champagner aufgemacht, und Mehdi, der sie gleich duzte, hat gefragt:

»Und, was machst du?«

»Ich bin Journalistin.«

»Journalistin? Scheiße, das ist cool!«

Er hat das Tütchen aus seiner Tasche geholt, hat damit vor Adèles Nase gewedelt. »Ah, ja, warte.« Sie hat sich umgedreht und hat die Hülle eines Zeichentrickfilms von Lucien aus dem Regal gezogen. Mehdi hat sich kaputtgelacht und sechs Lines auf der DVD gelegt. »Bitte, du zuerst. Das ist gutes Zeug«, sagte er immer wieder, und er hatte recht.

Adèle spürte ihre Zähne kaum noch. Es kribbelte in ihren Nasenlöchern, und sie hatte eine unbändige, freudige Lust zu trinken. Sie hat sich die Flasche geschnappt, hat den Kopf in den Nacken gelegt, und als der Champagner über ihre Wangen und ihren Hals rann, ihre Kleider nass machte, dachte sie sich, das ist das Zeichen. Antoine hat sich hinter sie gehockt. Er hat angefangen Adèles Bluse aufzuknöpfen. Sie wussten genau, was sie taten, wie in einem perfekt choreographierten Ballett. Mehdi hat ihr über die Brüste geleckt, er hat seine Hand zwischen ihre Schenkel gelegt, während Antoine sie an den Haaren festhielt.

Adèle lässt sich an der Wand hinabgleiten. Sie kauert sich unter den kochend heißen Strahl. Sie muss pinkeln, aber ihr Unterleib ist hart, als wäre über Nacht ein Knochen darin gewachsen. Sie verkrampft die Füße, presst die Kiefer aufeinander, und als der infizierte Urin endlich über ihre Schenkel rinnt, stößt sie einen Schmerzensschrei aus. Ihre Vagina ist nichts als ein Stück zerbrochenes Glas, ein Labyrinth aus roten Streifen und Rissen. Eine feine Eisschicht, unter der gefrorene Leichen treiben. Ihr Schamhügel, den sie jeden Tag sorgfältig rasiert, ist blauviolett.

Sie hat es so gewollt. Sie kann es ihm nicht übelnehmen. Sie hat Mehdi darum gebeten, nach einer Stunde Fummeln, nach einer Stunde er in ihr, Antoine in ihr, einer Stunde Liebesspiele und Abtausch, sie war es, die es nicht mehr ausgehalten hat. Die gesagt hat: »Das reicht nicht«, die spüren wollte, die geglaubt hat, mehr ertragen zu können. Fünfmal, vielleicht zehn, hat er ausgeholt und sein spitzes knochiges Knie auf ihre Scheide krachen lassen. Am Anfang war er noch vorsichtig. Er hat Antoine einen verblüfften, leicht spöttischen Blick zugeworfen, hat das

Knie gehoben und mit den Achseln gezuckt. Er verstand nicht. Und dann hat er Geschmack daran gefunden, als er sah, wie sie sich wand, ihre Schreie hörte, die nicht mehr menschlich waren.

Danach, danach ging nichts mehr. Danach ist sie vielleicht ohnmächtig geworden. Vielleicht haben sie noch gesprochen. Auf jeden Fall ist sie hier aufgewacht, in einer leeren Wohnung. Langsam verlässt sie die Dusche, hält sich an jedem Möbel, jedem Stückchen Wand fest. Sie nimmt sich nur ein Handtuch, wickelt sich darin ein und setzt sich, vorsichtig, ganz vorsichtig auf die Bettkante. Sie betrachtet sich in dem großen Standspiegel. Sie ist weiß und alt. Die leiseste Bewegung schreckt sie, selbst denken bringt die Wände dazu, sich zu drehen.

Sie sollte etwas essen. Sollte etwas Kaltes, Süßes trinken. Sie weiß, dass der erste Schluck köstlich sein, ihren Durst löschen wird, dann, sobald die Flüssigkeit auf ihren leeren Magen trifft, wird ihr entsetzlich übel werden und sie wird furchtbare Migräne bekommen. Sie muss der Versuchung widerstehen. Sich wieder hinlegen. Ein wenig trinken, viel schlafen.

Der Kühlschrank ist sowieso leer. Seit Richard im Krankenhaus liegt, hat Adèle nicht mehr eingekauft. Die Wohnung ist dreckig. Kleidungsstücke sind über das gesamte Schlafzimmer verteilt, Unterhosen liegen auf dem Boden. Ein Rock hängt über der Armlehne des Sofas im Wohnzimmer. In der Küche stapeln sich ungeöffnete Briefe. Sie wird sie irgendwann verlieren oder wegschmeißen. Sie wird Richard sagen, dass keine Post gekommen ist.

Sie ist die ganze Woche nicht bei der Arbeit gewesen. Sie hat einen Artikel versprochen, den zu schreiben sie außerstande ist. Sie antwortet Cyril nicht, der dauernd versucht, sie zu erreichen, und schreibt schließlich mitten in der Nacht eine schäbige SMS, in der sie erklärt, dass sie ihre Tage im Krankenhaus, am Bett ihres Mannes zubringt. Dass sie am Montag wiederkommt.

Sie schläft komplett angezogen, isst in ihrem Bett. Sie friert die ganze Zeit. Auf ihrem Nachttisch stapeln sich halb leere Joghurtbecher, Löffel und trockene Brotstückchen. Sie trifft Xavier in der Wohnung in der Rue du Cardinal Lemoine, wann immer er kann. Sobald er anruft, steigt sie aus dem Bett, stellt sich lang unter die heiße Dusche, wirft ihre Klamotten auf den Boden und reißt ihren Schrank auf. Sie ist tief im Dispo, nimmt aber dennoch ein Taxi. Jeden Tag braucht es etwas mehr Make-up, um die Ringe unter ihren Augen zu verbergen und ihren fahlen Teint aufzufrischen.

Ihr Handy klingelt. Sie tastet über die Decke, hebt langsam die Kissen hoch. Sie hört es, aber sie kann es nicht finden. Es war unter ihren Füßen. Sie betrachtet den Bildschirm. Sechs Anrufe hat sie verpasst. Sechs Anrufe von Richard, kurz hintereinander. Sechs drängende, wütende Anrufe.

15. Januar.

Richard wird heute entlassen. Es ist der 15. Januar, und sie hat es vergessen. Sie zieht sich an. Sie schlüpft in eine bequeme Jeans und einen Männerpullover aus Kaschmir.

Sie setzt sich hin.

Sie kämmt und schminkt sich.

Setzt sich hin.

Sie räumt das Wohnzimmer auf, knüllt ihre Klamotten zusammen, lehnt sich an die Küchenschränke, die Stirn von eiskaltem Schweiß bedeckt. Sie sucht ihre Tasche. Findet sie auf dem Boden, weit aufgerissen, leer.

Sie muss los, um Richard abzuholen.

Im Sommer mieteten Adèles Eltern eine kleine Ferienwohnung in der Gegend von Le Touquet. Kader verbrachte die Tage in der Bar mit ein paar Urlaubsbekanntschaften. Simone spielte Bridge und bräunte sich dabei, einen Aluminiumstreifen um den Hals.

Adèle liebte es, allein in dem leeren Appartement herumzuhängen. Sie rauchte Mentholzigaretten auf dem Balkon. Sie tanzte im Wohnzimmer und kramte in den Schubladen. Eines Nachmittags hatte sie den Roman *Die unerträgliche Leichtigkeit des Seins* gefunden, der den Vermietern gehören musste. Ihre Eltern lasen solche Bücher nicht. Ihre Eltern lasen überhaupt keine Bücher. Sie hatte darin herumgeblättert und war zufällig auf eine Szene gestoßen, die sie zutiefst aufgewühlt hatte. Die Worte vibrierten in ihrem Bauch, bei jedem Satz durchfuhr sie ein Stromstoß. Sie presste die Kiefer aufeinander, kniff ihre Vagina zusammen. Zum ersten Mal im Leben hatte sie Lust gehabt, sich selbst zu berühren. Sie hatte den Rand ihres Schlüpfers genommen und ihn so weit hochgezogen, bis der Stoff in ihrer Scheide brannte.

»Er zog sie aus, und sie blieb dabei fast regungslos. Als

er sie küsste, erwiderten ihre Lippen den Druck nicht. Dann spürte sie plötzlich, wie ihr Schoß feucht wurde, und erschrak.«

Sie legte das Buch zurück in die kleine Kommode im Wohnzimmer, und in der Nacht dachte sie wieder daran. Sie versuchte, sich an den genauen Wortlaut, den Klang der Sätze zu erinnern, dann hielt sie es nicht mehr aus. Sie stand auf, um die Schublade zu öffnen, den gelben Einband zu betrachten. Sie wollte spüren, wie unter ihrem leichten Nachthemd ungekannte Empfindungen erwachten. Sie wagte kaum, es herauszunehmen. Die Seite hatte sie nicht markiert, hatte keine Spur von ihrem Besuch in dieser Geschichte hinterlassen. Doch jedes Mal fand sie wieder das Kapitel, das sie so bewegte.

»Sie spürte ihre Erregung, die umso stärker war, als sie gegen ihren Willen entstanden war. Ihre Seele hatte insgeheim bereits in alles, was passierte, eingewilligt, sie wußte aber, daß diese Einwilligung unausgesprochen bleiben mußte, wenn die starke Erregung andauern sollte. Würde sie ihr Ja laut aussprechen und die Liebesszene freiwillig mitspielen, so ließe die Erregung nach. Denn die Seele war gerade dadurch erregt, daß der Körper gegen seinen Willen handelte, daß er sie verriet und sie diesem Verrat zuschaute.

Dann zog er ihr den Slip aus; sie war jetzt nackt.«

Sie wiederholte diese Sätze wie ein Mantra. Sie schlang sie um ihre Zunge, tapezierte sie in ihren Schädel. Sie verstand rasch, dass das Begehren keine Rolle spielte. Sie hatte kein

Verlangen nach den Männern, denen sie sich näherte. Ihr ging es nicht um die Körper, sondern um die Situation. Genommen werden. Den Gesichtsausdruck der Männer studieren, wenn sie kommen. Sich füllen. Speichel schmecken. Das orgiastische Zucken vorspielen, die laszive Begierde, die animalische Lust. Einen Mann weggehen sehen, dessen Nägel mit Blut und Sperma verschmiert sind.

Die Erotik bemäntelte alles. Sie verbarg die Trivialität, die Nichtigkeit der Dinge. Sie schärfte die Konturen ihrer Schülerinnennachmittage, der Geburtstagseinladungen und selbst der Familientreffen, wo sich immer ein alter Onkel fand, der einem auf die Brüste schielte. Diese Suche hob alle Regeln auf, alle Codes. Sie machte Freundschaften unmöglich, Ambitionen, Terminplanung.

Adèle ist auf ihre Eroberungen weder stolz, noch schämt sie sich dafür. Sie führt nicht Buch, merkt sich keine Namen und noch weniger die Umstände. Sie vergisst sehr schnell, und das ist besser so. Wie könnte sie sich an all die Berührungen, all die Gerüche erinnern? Wie könnte sie das Gewicht jedes Körpers auf ihrem im Gedächtnis behalten, die Breite der Hüften, die Größe des Geschlechts? Sie erinnert sich an nichts Genaues, doch Männer sind die einzigen Bezugspunkte ihres Daseins. Zu jeder Jahreszeit, jedem Geburtstag, jedem Ereignis in ihrem Leben gehört ein Liebhaber mit verschwommenen Zügen. Ihr Vergessen ist durchzogen von dem beruhigenden Gefühl, im Verlangen der anderen tausendfach gelebt zu haben. Und trifft sie mal, Jahre später, einen Mann wieder, der ihr mit dunklem Timbre gesteht: »Ich habe eine ganze Weile gebraucht, um dich zu vergessen«, so verschafft ihr das tiefe Befriedigung. Als wäre all das nicht vergebens. Als hätte sich, ganz ohne ihr Zutun, ein Sinn in diese ewige Wiederholung geschlichen.

Manche sind ihr nahe geblieben, haben sie mehr berührt als andere. Wie Adam, von dem sie gern sagt, er sei ihr Freund. Auch wenn sie ihn auf einer Dating-Seite kennengelernt hat, fühlt sie sich ihm verbunden. Manchmal geht sie in der Rue Bleue vorbei, behält ihre Kleider an und raucht einen Joint mit ihm in seinem Bett, das ihm als Arbeits- und Wohnzimmer dient. Sie legt ihren Kopf auf seinen Arm und genießt dieses ungezwungene, kumpelhafte Beisammensein. Er hat ihr nie irgendwelche Vorwürfe gemacht, hat ihr nie Fragen zu ihrem Leben gestellt. Er ist weder intelligent noch tiefsinnig, und das gefällt ihr.

Manche hat sie liebgewonnen, es tat ihr weh, sie zu verlieren. Wenn sie jetzt daran denkt, erscheint ihr diese Zuneigung nebulös, sie versteht sie überhaupt nicht mehr. In dem Moment aber zählte nur das. So war es bei Vincent und davor bei Olivier, den sie während einer Reportage in Südafrika kennengelernt hat. Sie wartete darauf, dass sie sich meldeten, wie sie jetzt auf Xaviers Nachrichten wartet. Sie wollte, dass sie sich nach ihr verzehrten, dass sie bereit waren, alles für sie aufzugeben, für sie, die nie etwas aufgegeben hat.

Heute könnte sie abtreten. Sich ausruhen. Sich dem Schicksal und Richards Entscheidungen überlassen. Sie täte sicher gut daran, jetzt aufzuhören, ehe alles zusammenbricht, ehe sie nicht mehr das Alter und die Kraft hat. Ehe sie bemitleidenswert wird, ihren Zauber und ihre Würde verliert.

Dieses Haus ist wirklich schön.

Vor allem die kleine Terrasse, auf der man eine Linde pflanzen und eine Bank aufstellen müsste, die man ein wenig vergammeln und die sich mit Moos überziehen ließe. Weit weg von Paris, in einem kleinen Haus in der Provinz, würde sie dem entsagen, was sie ihrer Ansicht nach wirklich ausmacht, ihrem wahren Wesen. Das, was, eben weil niemand es kennt, ihre größte Herausforderung ist. Wenn sie diesen Teil von sich aufgibt, wird sie nur noch das sein, was alle sehen. Eine Oberfläche ohne Grund und ohne Kehrseite. Ein Körper ohne Schatten. Sie wird sich nicht mehr sagen können: »Sollen sie doch denken, was sie wollen. Sie haben sowieso keine Ahnung.«

In dem hübschen Haus, im Schatten der Linde, wird es kein Entkommen mehr geben. Tag für Tag wird sie sich selbst im Weg sein. Auf dem Markt, beim Wäsche waschen, beim Hausaufgabenmachen mit Lucien müsste sie einen Grund zu leben finden. Etwas jenseits dieses profanen Alltags, der sie schon als Kind erstickte und sie sagen ließ, das Familienleben wäre eine furchtbare Strafe. Sie hätte kotzen können angesichts dieser endlosen Tage, die man gemeinsam verbrachte, indem man sich beim Schlafen zusah, sich die Badewanne streitig machte, sich zu beschäftigen suchte. Die Männer haben sie aus der Kindheit befreit. Sie haben sie aus diesem schlammigen Alter herausgeholt, und sie hat ihre kindliche Passivität gegen die Sinnlichkeit einer Geisha eingetauscht.

»Wenn du einen Führerschein hättest, könntest du deinen Mann selbst abholen. In jedem Fall wärst du unabhängiger, oder?« Lauren ist genervt. Im Auto berichtet Adèle ihr von der letzten Nacht. Sie sagt ihr nicht alles. Zögerlich rückt sie schließlich damit heraus, dass sie sie um Geld bitten muss. »Ich wusste, dass Richard im Haus etwas aufbewahrt, aber ich hätte es nicht ausgeben sollen, verstehst du? Du bekommst es so schnell wie möglich zurück, versprochen.« Lauren seufzt und trommelt nervös aufs Lenkrad. »Schon gut, schon gut, ich gebe es dir.«

Richard erwartet sie in seinem Zimmer, die Tasche auf den Knien. Er ist ungeduldig. Lauren kümmert sich um das bürokratische Prozedere, und Adèle begnügt sich damit, ihr still und müde durch die Gänge des Krankenhauses zu folgen. In der Hand hält sie die Wartenummer, die man am Aufnahme- und Entlassungsschalter ziehen muss. Sie sagt: »Wir sind dran«, aber sie spricht nicht mit der blonden Frau hinter dem Schreibtisch.

Als sie die Wohnung betreten, senkt Adèle den Kopf. Sie hätte Blumen auf den kleinen Sekretär stellen können. Die Spülmaschine einräumen. Wein oder Bier kaufen. Eine

Tafel von Richards Lieblingsschokolade. Sie hätte die Mäntel, die auf den Stühlen im Wohnzimmer herumlagen, aufhängen, das Waschbecken im Bad sauber wischen können. Aufmerksam sein, eine Überraschung vorbereiten. Sich auf ihn einstellen können.

»Ich gehe uns mal was zum Mittagessen holen«, schlägt Lauren vor.

»Ich hatte keine Zeit einzukaufen. Ich bin so was von schlecht organisiert. Ich mach das, wenn du dich hingelegt hast. Ich hole alles, worauf du Lust hast. Sag mir einfach, was du möchtest, ja?«, entschuldigt sich Adèle bei ihrem Mann.

»Mir egal. Ich hab sowieso keinen Hunger.«

Adèle hilft Richard, sich auf dem Sofa einzurichten. Sie nimmt den Gips in Höhe der Wade, hebt das Bein vorsichtig an und bettet es auf ein Kissen. Die Krücken legt sie auf den Boden.

Die Tage vergehen, und Richard rührt sich nicht vom Fleck.

Das Leben findet in seine gewohnten Bahnen zurück. Lucien kommt nach Hause. Adèle geht wieder ins Büro. Sie würde sich gern in die Arbeit stürzen, aber sie fühlt sich übergangen. Cyril empfängt sie kühl. »Hast du mitbekommen, dass Ben Ali gestürzt wurde, während du Krankenschwester gespielt hast? Ich habe dir Nachrichten auf Band gesprochen, ich weiß nicht, ob du sie abgehört hast, jedenfalls haben wir am Ende Bertrand hingeschickt.«

Sie fühlt sich umso mehr ausgeschlossen, da alle in der Redaktion ganz aufgedreht sind. Die Tage vergehen, und ihr kommt es vor, als hätten die Kollegen den Blick nicht ein einziges Mal von dem Fernseher abgewandt, der mitten im Großraumbüro aufgestellt wurde. Tag für Tag ziehen die Bilder der vor Menschen wimmelnden Avenue Habib Bourguiba vorüber. Eine junge, lärmende Menge feiert den Sieg. Frauen weinen in den Armen von Soldaten.

Adèle sieht zum Bildschirm hin. Sie erkennt alles wieder. Die Avenue, die sie so oft entlanggelaufen ist. Den Eingang zum Hotel Carlton, wo sie auf dem Balkon der obersten Etage immer rauchte. Die Straßenbahn, die Taxis, die Cafés, in denen sie nach Tabak und Milchkaffee riechende Männer aufgabelte. Sie hatte damals nichts zu tun, als der Melancholie eines Volkes zu lauschen, den flachen Puls des Landes von Ben Ali zu fühlen. Sie schrieb immer dieselben todtraurigen, resignierten Texte.

Ihre Kollegen stehen da, fassungslos, die Hand vor dem Mund. Jetzt ist es der Tahrir-Platz, der brennt. »Hau ab, hau ab!« Stoffpuppen werden entzündet, Gedichte rezitiert. Man spricht von Revolution. Am 11. Februar um siebzehn Uhr drei verkündet Vizepräsident Suleiman den Rücktritt von Husni Mubarak. Die Journalisten jubeln, fallen einander in die Arme. Laurent dreht sich zu Adèle um. Er weint.

»Ist das nicht unglaublich? Wenn ich mir überlege, dass du hättest dort sein können. Wirklich zu dumm, dieser Unfall. Was für ein Pech.«

Adèle zuckt mit den Schultern. Sie steht auf und zieht ihren Mantel an.

»Bleibst du heute Abend nicht hier? Wir verfolgen die Ereignisse live. So was erlebt man nur einmal in seiner Berufslaufbahn!«

»Nein, ich gehe. Ich muss nach Hause.«

Richard braucht sie. Er hat an diesem Nachmittag dreimal angerufen. »Vergiss meine Medikamente nicht.« »Denk daran, Müllbeutel zu kaufen.« »Wann kommst du nach Hause?« Er erwartet sie ungeduldig. Er kann ohne sie nichts tun.

Morgens zieht Adèle ihn aus. Sie streift seine Unterhose über den Gips, und er, den Blick an die Decke geheftet, murmelt ein Gebet oder einen Fluch, je nachdem. Sie bedeckt den Gips mit einem Müllsack, der nach Erdöl riecht, befestigt ihn mit Klebeband am Oberschenkel und bringt Richard in die Dusche. Er setzt sich auf einen Plastikstuhl, und sie hilft ihm, sein Bein auf den Hocker zu legen, den sie extra dafür bei Monoprix gekauft hat. Nach zehn Minuten ruft er: »Ich bin fertig!«, und sie reicht ihm ein Handtuch. Sie geht mit ihm zum Bett, auf dem er sich erschöpft ausstreckt. Sie schneidet das Klebeband auf, zieht den Müllsack ab und hilft ihm, Unterhose, Hose und Socken anzuziehen. Bevor sie geht, stellt sie auf das Tischchen eine Flasche Wasser, Brot, Schmerztabletten und das Telefon.

Unter der Woche ist sie so müde, dass sie manchmal um zehn Uhr in ihren Kleidern einschläft. Sie tut so, als würde sie die Kartons nicht sehen, die sich im Wohnzimmer und in der Diele stapeln. Sie tut so, als würde der Umzug nicht näher rücken. Als hörte sie ihren Mann nicht fragen: »Hast du mit Cyril gesprochen? Denk daran, dass du eine Kündigungsfrist einhalten musst.«

Am Wochenende sind sie zu dritt allein in der Wohnung. Adèle schlägt vor, Freunde einzuladen, um ein bisschen Ablenkung zu haben. Richard will nicht, dass jemand kommt. »Ich habe keine Lust, dass man mich so sieht.« Richard ist gereizt, aggressiv. Sonst so besonnen, ist er nun regelrecht cholerisch. Sie sagt sich, dass der Unfall ihm vielleicht mehr zugesetzt hat, als sie denkt.

An einem Sonntag geht sie mit Lucien in den kleinen Park auf dem Montmartre. Sie setzen sich an den Rand eines großen, eiskalten Buddelkastens. Ihre Hände sind halb erfroren. Lucien vergnügt sich damit, die Sandkuchen zu zertreten, die ein blonder Junge sorgfältig aufreiht. Die Mutter des Kindes, mit dem Handy am Ohr, nähert sich Lucien und schubst ihn weg, ohne ihr Gespräch zu unterbrechen.
»He, was machst du da! Du lässt meinen Sohn in Frieden. Und du rührst seine Spielsachen nicht an.«

Lucien flüchtet sich in die Arme seiner Mutter und schielt zu dem kleinen Blonden, der mit rotzverschmierter Nase weint.

»Komm, Lucien, wir gehen nach Hause.«

Adèle steht auf, nimmt ihren Sohn auf den Arm, der heult und partout nicht wegwill. Sie geht am Buddelkasten vorbei, zertritt mit der Stiefelspitze die Sandburg des blonden Jungen und kickt seinen Plastikeimer quer über den Spielplatz. Sie dreht sich nicht um, als die Mutter hysterisch schreit: »He, Sie da!«

»Wir gehen nach Hause, Lucien. Es ist zu kalt.«

Sie öffnet die Tür, in der Wohnung herrscht Stille.

Richard ist auf dem Sofa eingeschlafen. Adèle legt ihren Finger auf die Lippen und zieht ihren Sohn langsam aus. Sie bringt ihn ins Bett und hinterlässt eine Nachricht auf dem Couchtisch. »Bin einkaufen.«

Boulevard de Clichy. Vor dem Schaufenster eines Sexshops zeigt ein Alter in schmutzigem Regenmantel mit dem Finger auf ein Kammerzofen-Kostüm aus rotem Latex. Die Verkäuferin, eine Schwarze mit riesigen Brüsten, nickt und bittet ihn herein. Adèle geht an Touristen vorbei, die vor den Erotik-Auslagen kichern. Sie beobachtet ein älteres deutsches Paar, das eine DVD auswählt.
Eine dicke Blonde geht vor einer Peepshow im Regen auf und ab.
»Komm auf ein Tänzchen. Du wirst es nicht bereuen.«
»Sie sehen doch, dass ich meinen Sohn spazieren fahre«, antwortet ein Mann um die dreißig empört.
»Kein Problem, du kannst ihn im Eingang lassen. Ich hab ein Auge auf ihn, solange du drin bist.«
Auf dem zentralen Platz trinken Hilfsarbeiter Dosenbier oder billigen Wodka, während sie auf einen Job warten. Man hört Arabisch, Serbisch, Wolof, Chinesisch. Pärchen schlendern mit ihren Kinderwagen durch Gruppen von Betrunkenen und machen ein erfreutes Gesicht, wenn sie Polizisten mit dem Fahrrad patrouillieren sehen.
Adèle dringt in den langen, mit rosa Samt bespannten Gang vor, an dessen Wänden Fotos von eng umschlungenen, züngelnden Frauen hängen, die den Vorbeikommenden ihre Pobacken hinstrecken. Sie grüßt den Wachmann am Eingang. Er kennt sie. Sie hat schon ein paarmal Gras

von ihm gekauft und ihm Richards Nummer gegeben, als seine Schwester Magenkrebs hatte. Seitdem lässt er sie kostenlos rein. Er weiß, dass sie sowieso nur schaut.

Samstagabends ist der Laden manchmal rappelvoll, weil dort Junggesellenabschiede oder Vertragsabschlüsse unter weinseligen Kollegen gefeiert werden. An diesem Nachmittag sitzen nur drei Kunden vor der schäbigen kleinen Bühne. Ein etwas älterer, dürrer Schwarzer. Ein Mann um die fünfzig, ganz sicher aus der Provinz. Er schaut auf die Uhr, um seinen Zug nicht zu verpassen. Ganz hinten ein Maghrebiner, der ihr, als sie eintritt, einen angewiderten Blick zuwirft.

Adèle nähert sich dem Afrikaner. Sie beugt sich über ihn. Er sieht zu ihr auf, seine Augäpfel sind gelb und glasig, und er lächelt schüchtern. Er hat kaputte Zähne. Sie bleibt stehen. Den Blick auf seine schwieligen Hände geheftet, seinen halb geöffneten Hosenschlitz, sein adriges, feuchtes Glied.

Sie hört den anderen murren. Hört ihn in ihrem Rücken schnauben.

»*Hchouma.*«

»Was hast du gesagt?«

Der alte Araber hebt den Kopf nicht. Er schielt weiter auf die Tänzerin, die ihre Finger ableckt und sie stöhnend auf ihre Riesentitten legt.

»*Hchouma.*«

»Ich weiß genau, was du da sagst. Ich verstehe das.«

Er reagiert nicht.

Der Afrikaner fasst Adèle am Arm. Er versucht, sie zu beruhigen.

»Und du, lass mich los!«

Der Alte erhebt sich. Er hat einen bösen Blick. Von einem Dreitagebart angefressene Hängebacken. Er mustert sie lange. Nimmt ihre sündhaft teuren Schuhe ins Visier, ihre Männerjacke, ihre helle Haut. Ihren Ehering.

»*Tfou!*«

Er geht hinaus.

Auf der Straße ist Adèle wie betäubt. Sie zittert vor Wut. Es ist schon dunkel, und sie steckt sich die Kopfhörer in die Ohren. Sie betritt den Supermarkt, irrt mit leerem Korb durch die Regalreihen. Allein der Gedanke an Essen ekelt sie. Sie nimmt irgendwas, stellt sich an der Kasse an. Die Ohrhörer lässt sie drin. Als sie an der Reihe ist, dreht sie den Ton lauter. Sie betrachtet die junge Kassiererin mit ihren ausgefransten fingerlosen Handschuhen, dem abgeblätterten Nagellack. »Wenn sie mich anspricht, heule ich los.«

Aber die Kassiererin sagt nichts, sie ist an Kunden gewöhnt, die sie nicht grüßen.

Das Räderwerk hat sich verhakt. Eine quälende Unruhe hat sich in ihr eingenistet. Sie ist entsetzlich mager, im wahrsten Sinne des Wortes Haut und Knochen. Ihr ist, als würden die Straßen von einer Armee Liebhaber heimgesucht. Sie verläuft sich andauernd. Sie vergisst zu schauen, bevor sie über die Straße geht, und wird vom lauten Hupen aufgeschreckt. An einem Morgen, als sie aus dem Haus gekommen ist, hat sie geglaubt, einen verflossenen Geliebten zu sehen. Ihr Herz ist stehen geblieben, sie hat Lucien auf den Arm genommen, um ihr Gesicht zu verbergen. Dann ist sie schnell losmarschiert, in die falsche Richtung. Felsenfest überzeugt, verfolgt zu werden, hat sie sich immerzu umgedreht.

Zu Hause fürchtet sie die Klingel, lauscht auf Schritte im Treppenhaus. Sie überwacht die Post. Sie hat eine Woche gebraucht, um den Vertrag für das weiße Handy zu kündigen, das sie nicht wiedergefunden hat. Es fiel ihr schwer, sich dazu durchzuringen, sie war selbst überrascht von ihrer Sentimentalität. Sie malt sich schon aus, wie sie sie erpressen, ihr Leben offenlegen bis ins kleinste Detail. Der immobile, langsame Richard ist eine leichte Beute. Sie werden ihn finden, werden es ihm sagen. Jedes Mal, wenn sie die Wohnung verlässt, hat sie einen Stein im Magen. Sie kehrt wieder um, fürchtet, dass sie etwas vergessen, ein Beweisstück nicht beseitigt hat.

»Alles in Ordnung, brauchst du noch irgendwas?«

Sie hat ihrem Mann und ihrem Sohn die Pyjamas angezogen, hat ihnen etwas zu Essen gemacht. Sie stürzt aus dem Haus mit dem Gefühl, alle Pflichten erfüllt zu haben, und dem Verlangen, genommen zu werden. Sie weiß nicht, warum Xavier unbedingt ins Restaurant gehen will. Sie hätte ihn lieber in der Rue du Cardinal Lemoine getroffen, sich sofort ausgezogen und über ihn hergemacht. Sich gar nicht unterhalten.

»Thailändisch oder Russisch?«

»Russisch, lass uns Wodka trinken«, antwortet Adèle.

Xavier hat nicht reserviert, aber er kennt den Besitzer des Lokals im 8. Arrondissement, ein Treffpunkt von Geschäftsleuten und Prostituierten, Kinostars und angesagten Journalisten. Sie werden an einen kleinen Tisch am Fenster platziert, und Xavier bestellt eine Flasche Wodka. Es ist das erste Mal, dass sie zusammen ausgehen. Adèle hat dies immer vermieden.

Sie schaut nicht in die Karte und lässt ihn auswählen. »Ich vertraue dir.« Sie rührt ihren Krebssalat kaum an, lässt lieber ihre Finger an der Wodkaflasche gefrieren, die von einem Eisblock umgeben ist. Ihre Kehle brennt, und der Alkohol macht flopp, flopp in ihrem in ihrem leeren Bauch.

»Einen Moment bitte, Madame, ich schenke Ihnen nach.« Der Kellner nähert sich zerknirscht.

»Dann sollten Sie sich besser zu uns setzen.«

Adèle lacht, und Xavier senkt den Blick. Sie ist ihm peinlich.

Sie haben sich nicht viel zu sagen. Adèle beißt sich auf die Wangen und sucht nach einem Gesprächsthema. Xavier redet zum ersten Mal über Sophie. Er nennt ihren Namen und den seiner Kinder. Er sagt, dass er sich schämt, dass er nicht weiß, wo sie das alles noch hinführt. Er schaffe es nicht mehr, zu lügen, habe keine Kraft mehr, sich Ausreden auszudenken.

»Warum sprichst du über sie?«

»Ist es dir lieber, wenn ich an sie denke und nichts sage?«

Xavier ist ihr zuwider. Er ödet sie an. Ihre Geschichte ist bereits gestorben. Sie ist nichts mehr als ein verschlissenes Stück Stoff, an dem sie weiter zerren wie Kinder. Sie haben es abgenutzt.

Sie hat eine sehr enge graue Jeans an und hochhackige Schuhe, die sie zum ersten Mal trägt. Ihre Bluse ist zu weit ausgeschnitten. Sie sieht vulgär aus. Als sie das Restaurant verlassen, kann Adèle kaum laufen. Ihre Beine knicken ein, wie die einer frisch geborenen Giraffe. Ihre Sohlen sind glatt, und der Wodka lässt ihre Absätze schwanken. Obwohl sie sich fest an Xaviers Arm klammert, verfehlt sie einen Bordstein und fällt hin. Ein Passant stürzt herbei und will ihr aufhelfen, doch Xavier bedeutet ihm zu verschwinden. Er kümmert sich darum.

Sie hat sich wehgetan und schämt sich etwas, aber sie lacht wie ein Springbrunnen, aus dem eiskalte Wasserfontänen spritzen. Sie zieht Xavier in die Eingangshalle eines Gebäudes. Sie hört nicht, wie er sagt: »Nein, lass das, du bist verrückt.« Sie drückt sich an ihn, bedeckt sein Gesicht mit nassen, verzweifelten Küssen. Er versucht, die Hand wegzuschieben, die sie auf seinen Reißverschluss legt. Er will sie daran hindern, seine Hose herunterzuziehen, aber sie kniet schon vor ihm, und er, mit verstörtem Blick, ist hin- und hergerissen zwischen der Lust und der Angst vor den Leuten, die hereinkommen könnten. Sie steht auf, lehnt sich an die Wand und windet sich aus ihrer zu engen Jeans. Er dringt in sie ein, in ihren zerfließenden, freigebigen, dargebotenen Körper. Sie sieht ihn aus feuchten Augen an, mit geheuchelter Scham und vorgetäuschten Gefühlen, sagt: »Ich liebe dich. Ich liebe dich, hörst du.« Sie legt die Hände an sein Gesicht und spürt, wie er unter ihren Fingern nachgibt. Wie sie seine Skrupel hinwegfegt. Wie er, gleich einer vom Klang der Flöte benommenen Ratte, bereit ist, ihr bis ans Ende der Welt zu folgen.

»Ein anderes Leben ist möglich«, flüstert sie. »Nimm mich mit.«

Er zieht sich wieder an. Sein Blick ist samtweich, seine Wangen sind rosig frisch.

»Bis Freitag. Meine Geliebte.«

Freitag wird sie ihm sagen, dass alles vorbei ist. Alles, er und der Rest. Sie wird eine radikale Begründung finden, etwas, wogegen keiner von ihnen ankämpfen kann. Sie wird sagen, dass sie schwanger ist, dass sie krank ist, dass Richard sie ertappt hat.

Sie wird ihm sagen, dass sie ein neues Leben beginnt.

»Guten Tag, Richard.«
»Sophie? Guten Tag.«
Xaviers Frau steht vor der Tür. Sie ist stark geschminkt und sorgfältig gekleidet. Sie umklammert nervös den Schulterriemen ihrer Tasche.
»Ich hätte anrufen sollen, aber dann hätte ich dir sagen müssen, warum, und ich wollte dir das nicht am Telefon zumuten. Ich kann später noch mal vorbeikommen, wenn du möchtest, ich…«
»Nein, nein, komm rein, setz dich.«
Sophie betritt die Wohnung. Sie hilft Richard, sich wieder hinzulegen. Sie lehnt die Krücken an die Wand und nimmt ihm gegenüber auf dem blauen Sessel Platz.
»Es geht um Xavier.«
»Ja?«
»Und Adèle.«
»Adèle.«
»Gestern hatten wir Freunde zum Essen eingeladen. Sie waren zu spät, und ich wollte nachsehen, ob sie eine SMS geschrieben hatten, vielleicht war ihnen ja etwas dazwischengekommen.« Sie schluckt. »Ich habe das gleiche

Telefon wie Xavier. Er hat es in der Diele auf dem Tisch liegen lassen, und ich habe es genommen. Aus Versehen, ohne jede Absicht, wirklich. Ich hätte niemals… Kurz, ich habe sie gelesen. Die SMS einer Frau. Unmissverständlich. In dem Moment habe ich nichts gesagt. Ich habe auf die Gäste gewartet, das Essen serviert. Es war übrigens ein netter Abend, ich glaube nicht, dass irgendjemand etwas gemerkt hat. Als sie gegangen waren, habe ich Xavier direkt zur Rede gestellt. Zehn Minuten lang hat er alles abgestritten. Er hat behauptet, die Nachricht sei von einer Patientin, die ihn belästige, einer Verrückten, deren Namen er nicht mal kenne. Und dann hat er es zugegeben. Es hat ihn sogar erleichtert, glaube ich, er war gar nicht mehr zu bremsen. Er sagt, er könnte nicht dagegen an, es sei die pure Leidenschaft. Er sagt, er sei in sie verliebt.«

»Verliebt in Adèle?« Richard stößt ein hämisches Lachen aus.

»Glaubst du mir nicht? Willst du die Nachricht sehen? Ich habe sie hier, wenn du willst.«

Richard beugt sich langsam zu dem Telefon, das Sophie ihm hinhält, und entziffert die Nachricht wie ein Kind, Silbe für Silbe. »Ich kann es kaum erwarten zu entfliehen. Ich ersticke ohne dich. Mittwoch, von ganzem Herzen.«

»Sie wollen sich am Mittwoch sehen. Er hat mir von Adèle erzählt, hat mir gesagt, dass sie es ist. Wenn du wüsstest, wie er von ihr spricht, es ist…«

Sophie bricht in Tränen aus. Richard möchte, dass sie geht. Jetzt sofort. Sie hindert ihn am Nachdenken, am Leiden.

»Weiß er, dass du hier bist?«

»O nein, ich habe ihm nichts gesagt. Er wäre ausgerastet. Ich weiß selbst nicht, was ich hier tue. Ich habe bis zuletzt gezögert und wäre fast wieder umgekehrt. Es ist dermaßen lächerlich, dermaßen erniedrigend.«

»Sag ihm nichts. Sag es ihm auf keinen Fall. Bitte.«

»Aber...«

»Sag ihm, dass er diese Angelegenheit regeln muss, dass er sich die Zeit nehmen soll, sie zu beenden. Sie darf nicht erfahren, dass ich Bescheid weiß. Auf keinen Fall.«

»In Ordnung.«

»Versprich es mir.«

»Ich verspreche es dir, Richard. Ja, versprochen.«

»Und jetzt solltest du gehen.«

»Natürlich. Aber was wollen wir tun, Richard? Was wird aus uns werden?«

»Uns? Aus uns wird gar nichts werden. Wir werden uns nie wiedersehen, Sophie.«

Er öffnet die Tür.

»Xavier ist es, der einem leidtun muss, weißt du. Versuch ihm zu verzeihen. Das heißt, mach, was du willst, es geht mich nichts an.«

Für ein Kind sind Klapphandys ein amüsantes Spielzeug. Sie leuchten auf, wenn man sie öffnet. Man kann sie zuklacken lassen und sich damit in die Finger zwicken. Lucien hat das weiße Telefon gefunden. Er spielt im Wohnzimmer mit dem Klapphandy.

»Wessen Telefon ist das, mein Schatz? Wo hast du es gefunden?«

»Wo?«, wiederholt das Kind.

Richard nimmt ihm das Telefon aus der Hand.

»Hallo? Hallo? Wollen wir Mama anrufen?«

Lucien lacht.

Richard sieht das Gerät an. Ein altes Ding. Jemand könnte es hier vergessen haben. Ein Freund, der vorbeigekommen ist. Lauren oder Maria, die Babysitterin. Er öffnet es. Der Bildschirmhintergrund ist ein Foto von Lucien kurz nach der Geburt, schlafend auf dem Sofa, zugedeckt mit Adèles Strickjacke. Richard will das Handy wieder zuklappen.

Er hat noch nie in den Sachen seiner Frau gewühlt. Adèle hat ihm erzählt, dass Simone früher immer ihre Post geöffnet und die Briefe ihrer Verehrer gelesen hatte. Während sie in der Schule war, schnüffelte ihre Mutter in ihren Schubladen, und einmal hatte sie unter der Matratze das lächerliche geheime Tagebuch gefunden, das Adèle führte. Mit einem Messer hatte sie das Schloss geknackt und am selben Abend, während des Essens, den Inhalt vorgelesen. Simone hatte sich gekrümmt vor Lachen. Dicke Tränen feisten Spotts liefen ihr über die Wangen. »Ist das nicht zu komisch? Sag, Kader, ist das nicht zu komisch?« Kader hatte nichts gesagt. Aber er hatte auch nicht gelacht.

Für Richard erklärte diese Episode teilweise Adèles Eigenheit. Die zwanghafte Sorgfalt, mit der sie alles wegräumte, verschloss. Ihre Paranoia. Er sagte sich, dass sie deswegen so schlief, mit der Handtasche an ihrer Seite des Bettes und dem schwarzen Heft unterm Kopfkissen.

Er betrachtet das Telefon. Auf dem Foto von Lucien erscheint der Hinweis »Ungelesene Nachricht«. Ein gelber Umschlag blinkt. Richard hebt den Arm, um das Spielzeug vor Lucien in Sicherheit zu bringen, der es sich wieder schnappen möchte. »Ich will das Telefon«, brüllt Lucien. »Ich will hallo!«

Richard liest die Nachricht. Diese und die anderen. Er geht ins Adressverzeichnis. Scrollt, wie vor den Kopf geschlagen, die lange Liste von Männernamen herunter.

Adèle wird jeden Moment wieder da sein. Das ist alles, woran er denkt. Sie wird heimkommen, und er will nicht, dass sie es weiß.

»Lucien, wo hast du das Telefon gefunden?«
»Wo?«
»Wo, mein Schatz, wo war das Telefon?«
»Wo?«, wiederholt das Kind.

Richard packt Lucien an den Schultern, schüttelt ihn und schreit:

»Wo war es, Lulu? Wo war dieses Telefon?«

Der kleine Junge sieht seinen Vater an, sein Mund verzieht sich, er senkt den Kopf und zeigt mit seinem pummeligen Finger aufs Sofa.

»Da. Dunta.«

»Da drunter?«

Lucien nickt.

Auf die Hände gestützt, rollt Richard sich auf den Boden. Der Gips schlägt aufs Parkett. Er legt sich hin, dreht den Kopf und sieht unter dem Sofa Umschläge, einen rosa Lederhandschuh und die kleine orangefarbene Schachtel.

Die Brosche.

Er nimmt seine Krücken und angelt damit nach dem Schmuckstück. Er schwitzt. Er hat Schmerzen.

»Lucien, komm, wir spielen. Guck mal, Papa ist unten auf dem Boden, wir spielen Lastwagen, ja? Willst du mit mir spielen?«

Er schläft neben ihr. Er sieht ihr beim Essen zu. Er hört das Wasser rauschen, wenn sie duscht. Er ruft sie im Büro an. Kommentiert ihre Kleidung, ihren Duft. Jeden Abend fragt er sie mit absichtlich bohrender Stimme: »Wen hast du getroffen? Was hast du gemacht? Du kommst ganz schön spät, sag mal.« Er hat sich geweigert, bis zum Wochenende zu warten, um die Kartons zu packen, und er weiß, dass sie das wahnsinnig macht. Dass sie täglich fürchtet, er könnte, trotz ihrer endlosen Vorsichtsmaßnahmen, auf ein Dokument, einen Beweis, einen Fehler stoßen. Er hat den Vorvertrag für das Haus unterschrieben, und Adèle hat die Papiere abgezeichnet. Er hat die Möbelpacker bestellt und eine Anzahlung geleistet. Er hat Lucien beim neuen Kindergarten angemeldet.

Er sagt nichts von seiner Entdeckung.
 Er kommt ins Schlafzimmer, wenn sie sich anzieht, und bemerkt die Kratzer unten an ihrem Hals. Den blauen Fleck direkt überm Ellbogen, den Abdruck eines Daumens, der sie gepackt und festgehalten hat. Bleich, die Hand um die Krücke geballt, bleibt er im Türrahmen stehen. Er sieht,

wie sie sich unter dem großen grauen Handtuch versteckt und in ihre Unterhose schlüpft, als wäre sie ein kleines Mädchen.

Wenn er nachts neben ihr liegt, denkt er an die Kompromisse. Die Arrangements. An das seiner Eltern, über das nie gesprochen wurde, von dem aber jeder weiß. An Henri, der ein kleines Appartement in der Stadt gemietet hatte, wo er jeden Freitagnachmittag eine dreißigjährige Frau traf. Odile hatte es herausgefunden. Sie hatten sich in der Küche ausgesprochen. Eine offene, fast bewegende Aussprache, deren Bruchstücke Richard in seinem Jugendzimmer aufgeschnappt hatte. Sie hatten sich arrangiert, den Kindern zuliebe, um den Schein zu wahren. Henri hatte sein Liebesnest schließlich aufgegeben, und Odile hatte ihn wieder aufgenommen im Schoß der Familie, würdevoll und triumphierend.

Richard sagt nichts. Er hat niemanden, dem er sich anvertrauen kann. Niemanden, dessen Blick in sein Gesicht eines gehörnten, naiven Ehemanns er ertragen könnte. Er hat keinerlei Lust, sich irgendwelche Ratschläge anzuhören. Vor allem will er nicht bemitleidet werden.

Adèle hat die Welt zerrissen. Sie hat die Beine der Möbel abgesägt, hat die Spiegel geblendet. Sie hat den Geschmack der Dinge verdorben. Die Erinnerungen, die Versprechen, all das ist wertlos. Ihr Leben ist nur trügerischer Schein. Er empfindet tiefsten Widerwillen, mehr noch gegen sich selbst als gegen sie. Er sieht alles in einem neuen Licht, einem traurigen, schmutzigen Licht. Wenn er nichts sagte, würde es vielleicht dennoch halten. Wen kümmern im

Grunde die Fundamente, für die er sich so abgerackert hat. Wen kümmern die Stabilität, die sakrosankte Aufrichtigkeit und abscheuliche Offenheit. Vielleicht, wenn er schwieg, würde es trotz allem halten. Sicher genügte es, die Augen zu verschließen. Und zu schlafen.

Doch der Mittwoch naht, und er hält es nicht mehr aus. Um siebzehn Uhr bekommt er eine Nachricht von Adèle. Sie schreibt, dass die Ausgabe nicht fertig wird und dass sie länger arbeiten muss. Er antwortet ohne nachzudenken: »Du musst nach Hause kommen. Ich habe wahnsinnige Schmerzen. Ich brauche dich.« Sie schreibt nicht zurück.

Um neunzehn Uhr öffnet sie die Wohnungstür. Sie vermeidet es, Richard mit ihren geröteten Augen anzusehen, und fragt genervt:

»Was ist los? Tut es sehr weh?«

»Ja.«

»Du hast deine Medikamente doch genommen, oder? Was kann ich da noch tun?«

»Nichts. Gar nichts. Ich wollte nur, dass du da bist. Ich wollte nicht ganz allein sein.«

Er breitet die Arme aus und bedeutet ihr, sich zu ihm aufs Sofa zu setzen. Sie nähert sich, steif und eiskalt, und er zieht sie zu sich heran, bereit, sie zu erwürgen. Er spürt genau, dass sie zittert, dass sie ins Leere starrt, doch er hält sie fest an sich gedrückt, kochend vor Hass. Sie umarmen einander und wären gern woanders. Beider Widerwille vermengt sich, die geheuchelte Zärtlichkeit verwandelt sich in Abscheu. Sie versucht, sich loszumachen, doch er hält sie nur umso fester. Er flüstert ihr ins Ohr:

»Du trägst nie deine Brosche, Adèle.«

»Meine Brosche?«

»Die Brosche, die ich dir geschenkt habe. Du hast sie noch nie angezogen.«

»Seit dem Unfall hatte ich noch keine rechte Gelegenheit dazu.«

»Steck sie an, Adèle. Es würde mich sehr freuen, wenn du sie anstecken würdest.«

»Ich trage sie, wenn wir das nächste Mal ausgehen, versprochen. Oder morgen im Büro, wenn du möchtest. Lass mich aufstehen, Richard. Ich mache uns Abendessen.«

»Nein, bleib sitzen. Bleib hier«, befiehlt er ihr.

Er packt ihren Arm und schließt seine Finger fest darum.

»Du tust mir weh.«

»Gefällt dir das nicht?«

»Was ist denn in dich gefahren?«

»Macht Xavier das nicht mit dir? Spielt ihr nicht diese kleinen Spielchen?«

»Was redest du da?«

»Ach komm, hör auf. Du widerst mich an. Wenn ich könnte, würde ich dich töten, Adèle. Ich würde dich erwürgen, hier und jetzt.«

»Richard.«

»Sei still. Sei bloß still. Deine Stimme ekelt mich. Dein Geruch ekelt mich. Du bist ein Tier, ein Monster. Ich weiß alles. Ich habe alles gelesen. Diese widerwärtigen Nachrichten. Ich habe die Mails gefunden, ich habe alles rekonstruiert. Es spult sich alles in meinen Gedanken ab, ich habe keine einzige Erinnerung mehr, die nicht mit einer deiner Lügen verknüpft wäre.«

»Richard.«

»Hör auf! Hör auf, meinen Namen zu sagen wie eine Idiotin!«, brüllt er. »Warum, Adèle? Warum? Du hast keinerlei Achtung vor mir, vor unserem Leben, vor unserem Sohn…« Richard beginnt zu schluchzen. Er legt die zitternden Hände auf seine Lider. Adèle steht auf. Ihn weinen zu sehen lässt sie zu Stein erstarren.

»Ich weiß nicht, ob du es verstehen kannst. Ob du mir glauben kannst. Das hat nichts mit dir zu tun, Richard, hatte es nie. Wirklich. Ich komme nicht dagegen an. Es ist stärker als ich.«

»Stärker als du. Was man sich so alles anhören muss. Wer weiß davon?«

»Niemand, wirklich.«

»Hör auf zu lügen! Meinst du nicht, du hast schon genug Schaden angerichtet! Lüg nicht.«

»Lauren«, flüstert sie. »Nur Lauren.«

»Ich werde dir nie wieder glauben. Nie wieder.«

Er versucht, seine Krücken zu nehmen, sich hinzustellen, aber er ist so aufgewühlt, dass sein Bein zittert und er hilflos wieder aufs Sofa zurücksinkt. »Weißt du, was mich am meisten anwidert? Dass ich von dir abhängig bin. Dass ich dir nicht mal sagen kann, du sollst abhauen, dass ich nicht mal aufstehen kann, um dich zu schlagen, um dir deine Sachen ins Gesicht zu schleudern und dich vor die Tür zu setzen wie die Hündin, die du bist. Du weinst? Heul ruhig, das geht mich nichts mehr an. Ich habe es nie ertragen, dich weinen zu sehen, und jetzt würde ich dir am liebsten die Augen herausreißen. Was hast du nur aus mir gemacht? Was hat diese Geschichte nur aus mir gemacht?

Einen Deppen, einen Hahnrei, einen armer Wicht. Weißt du, was mir am meisten wehgetan hat? Dieses schwarze Heft. Ja, das schwarze Heft in deinem Schreibtisch. Ich habe gelesen, was du geschrieben hast, über deine Langeweile, über dieses beschissene Spießerleben. Nicht genug, dass du dich von einer ganzen Armee bumsen lässt, du verachtest auch noch alles, was wir uns aufgebaut haben. Alles, was ich aufgebaut habe, indem ich wie ein Ochse geschuftet habe, damit es dir an nichts fehlt. Damit du dir um nichts Sorgen machen musst. Meinst du, ich träume nicht von einem anderen Leben? Meinst du, ich habe keine Sehnsüchte, denke nie daran, auszubrechen? Ich bin nicht auch romantisch, wie du sagst? Ja, weine. Heul dich tot. Man kann es drehen und wenden, wie man will, du magst alle Entschuldigungen der Welt vorbringen, du bist eine Schlampe. Wahrer Abschaum.«

Adèle lässt sich an der Wand zu Boden gleiten. Sie schluchzt.

»Was hast du gedacht, hä? Du könntest damit durchkommen? Ich würde nie irgendwas bemerken? Früher oder später bezahlt man immer für seine Lügen, das weißt du. Und du, du wirst bezahlen. Ich werde den besten Anwalt von Paris beauftragen, ich werde dir alles nehmen. Dir wird nichts mehr bleiben. Und wenn du glaubst, du bekommst das Sorgerecht für Lucien, dann hast du dich geschnitten. Du wirst deinen Sohn nicht mehr wiedersehen, Adèle. Du kannst dich darauf verlassen, dass ich ihn von dir fernhalten werde.«

Männer betrachten beim Sex ihr Glied. Sie stützen sich auf die Arme, neigen den Kopf und beobachten, wie ihr Schwanz in die Frau eindringt. Sie versichern sich, dass es funktioniert. Ein paar Sekunden lang verweilen sie so und studieren die Bewegung, freuen sich vielleicht an der ebenso simplen wie wirkungsvollen Mechanik. Adèle weiß, dass diese Selbstbetrachtung, diese Zuwendung zu sich selbst, auch etwas Erregendes hat. Und dass der Mann dabei nicht nur sein Geschlecht, sondern auch ihres betrachtet.

Adèle hat viel in die Luft geguckt. Sie hat Dutzende von Decken gemustert, ist den Schnörkeln der Stuckverzierungen gefolgt, dem Schwingen der Kronleuchter. Lang ausgestreckt, auf der Seite liegend oder die Füße auf die Schultern des Mannes gestützt, hat Adèle den Blick gehoben. Sie hat die Risse eines abgeblätterten Anstrichs inspiziert, einen Wasserschaden festgestellt, einmal, in einem Wohnzimmer, das gleichzeitig als Kinderzimmer diente, hat sie Plastiksterne gezählt. Stundenlang hat sie in die Leere der Decken gestarrt. Manchmal erlöste ein Schatten oder die

Projektion einer Leuchtanzeige ihren Blick, gönnten ihm eine Erholung.

Seit Lucien Ferien hat, entrollt Adèle jeden Tag eine Schaumgummimatte in der Lindenallee. Sie bereitet ein Picknick vor, dann halten sie im Schatten der Bäume Mittagsschlaf. Lucien schmiegt sich an sie, und Adèle muss ihm versprechen, dass sie morgen wieder im Freien Mittagsschlaf machen. Den Blick auf den Himmel über sich gerichtet, die Pupillen gekräuselt vom sanften Wiegen der Blätter, verspricht sie es.

»Christine? Christine, hören Sie mich?«, brüllt Richard.

Die Sekretärin, eine Blondine mit dem Gesicht einer Albino-Eule, betritt sein Behandlungszimmer.

»Entschuldigen Sie, Doktor, ich habe gerade die Akte von Madame Vincelet gesucht.«

»Könnten Sie meine Frau anrufen? Ich erreiche sie nicht.«

»Soll ich es bei Ihnen zu Hause versuchen, Doktor?«

»Ja, bitte, Christine. Und auf ihrem Handy auch.«

»Bei diesem herrlichen Wetter ist sie vielleicht rausgegangen...«

»Rufen Sie sie an, Christine, bitte.«

Richards Praxisräume befinden sich im ersten Stock der Klinik mitten im Stadtzentrum. Innerhalb weniger Monate hat Doktor Robinson einen treuen Patientenstamm für sich gewonnen, der sein Engagement und seine Kompetenz zu schätzen weiß. Er hat an drei Tagen in der Woche Sprechstunde, Donnerstag- und Freitagvormittag operiert er.

Es ist elf Uhr, und der Morgen war besonders anstrengend. Richard hat es der Mutter des kleinen Manceau nicht gesagt, aber die Symptome ihres Sohnes sind sehr beunruhigend. Er hat ein Gespür für solche Dinge. Und dann ist er Monsieur Gramont nicht mehr losgeworden. Egal wie oft Richard wiederholte, dass er kein Dermatologe sei, der Mann bestand darauf, ihm seine Leberflecke zu zeigen, wobei er ihn anherrschte, alle Ärzte seien Diebe und ihn werde man nicht übers Ohr hauen.

»Sie geht nicht ran, Doktor. Ich habe ihr eine Nachricht hinterlassen mit der Bitte, Sie zurückzurufen.«

»Was soll das heißen, sie geht nicht ran? Das gibt es doch gar nicht! Scheiße!«

Die Eule rollt mit ihren runden Augen.

»Ich wusste nicht, Sie hatten mir nicht gesagt...«

»Entschuldigen Sie, Christine. Ich habe sehr schlecht geschlafen. Monsieur Gramont hat mir den letzten Nerv geraubt. Ich weiß nicht, was ich rede. Lassen Sie den nächsten Patienten herein, ich wasche mir nur rasch die Hände.«

Er beugt sich über das Waschbecken und hält seine Hände unters kalte Wasser. Vom vielen Waschen ist seine Haut trocken und voll schorfiger Stellen. Er schäumt die Seife auf, reibt wie wild seine Hände an- und umeinander.

Er setzt sich, die Arme auf den Lehnen seines Schreibtischstuhls, die Beine ausgestreckt. Langsam beugt er die Knie, die sich sechs Monate nach dem Unfall noch immer wie eingerostet anfühlen. Er weiß, dass er nach wie vor leicht humpelt, auch wenn alle sagen, es wäre nicht mehr zu sehen. Sein Gang ist langsam, unstet. Nachts träumt er, dass er rennt. Hundeträume.

Er hört der Patientin, die sich ihm gegenüber hingesetzt hat, kaum zu. Eine ängstliche Frau von fünfzig Jahren, die das Haar in einem Dutt trägt, um ihre Kahlköpfigkeit zu verbergen. Er bittet sie, sich auf der Behandlungsliege auszustrecken und tastet ihren Unterbauch ab. »Tut es hier weh?« Er merkt nicht, dass sie enttäuscht ist, als er sagt: »Es ist alles in Ordnung, jedenfalls nichts Ernstes.«

Um fünfzehn Uhr verlässt er die Klinik. Er fährt sehr schnell die gewundene Straße entlang. In der Auffahrt zum Haus rutscht das Auto auf dem Kies weg. Er braucht zwei Anläufe, setzt zurück, beschleunigt und holt Schwung, um in den Park zu kommen.

Adèle liegt im Gras. Lucien spielt neben ihr.
»Ich habe x-mal angerufen. Warum gehst du nicht ran?«
»Wir sind eingeschlafen.«
»Ich dachte, dir wäre etwas zugestoßen.«
»Unsinn.«
Er reicht ihr die Hand, um ihr aufzuhelfen.
»Sie kommen heute Abend zum Essen.«
»Ach, können wir ihnen nicht absagen? Wir bleiben einfach unter uns, das wäre doch viel schöner.«
»Nein, man kann nicht im letzten Moment absagen. Das gehört sich nicht.«
»Dann musst du mit mir zum Einkaufen fahren. Bis dahin kann ich nicht laufen. Das ist zu weit.«
Sie geht ins Haus. Er hört eine Tür zufallen.
Richard nähert sich seinem Sohn. Er fährt ihm durch die Locken, legt die Hände um seine Taille. »Bist du heute bei Mami geblieben? Was habt ihr gemacht, erzähl mal?« Lucien versucht, sich seinem Griff zu entwinden, antwortet nicht, aber Richard lässt nicht locker. Er betrachtet zärt-

lich den kleinen Spion und fragt ihn noch einmal. »Habt ihr gespielt? Habt ihr gemalt? Lucien, erzähl mir, was habt ihr gemacht.«

Adèle hat den Tisch im Garten für sie gedeckt, unter dem Mirabellenbaum. Sie hat zweimal das Tischtuch gewechselt und einen Strauß mit Blumen aus dem Park in die Mitte gestellt. Die Küchenfenster sind geöffnet, doch die Luft ist heiß. Lucien sitzt zu Füßen seiner Mutter auf dem Boden. Sie hat ihm ein Brettchen und ein Plastikmesser gegeben, und er schneidet eine gekochte Zucchini in kleine Stücke.

»Willst du das wirklich anziehen?«

Adèle trägt ein blaues Kleid mit Blumendruck, dessen dünne Träger sich über dem Rücken kreuzen und ihre mageren Schultern und Arme betonen.

»Hast du an meine Zigaretten gedacht?«

Richard holt ein Päckchen aus seiner Tasche. Er öffnet es und reicht Adèle eine Zigarette.

»Ich behalte sie lieber«, sagt er und klopft auf seine Hose. »Dann rauchst du weniger.«

»Danke.«

Sie setzen sich auf die Bank, die Richard außen an der Küchenwand hat anbringen lassen. Adèle raucht schweigend ihre Zigarette. Gewissenhaft pflanzt Lucien die gekochte Zucchini wieder ein. Sie beobachten das Haus der Verdons.

Zu Beginn des Frühlings ist ein Paar auf ihre Seite des Hügels gezogen. Zuerst war der Mann ein paarmal angereist, um das Haus zu besichtigen. Vom Fenster des kleinen Arbeitszimmers aus konnte Adèle beobachten, wie er mit Émile, dem Gärtner, Monsieur Godet, dem Immobilienmakler, und schließlich ein paar mit den anfallenden Arbeiten betrauten Bauunternehmern diskutierte. Ein Mann um die fünfzig, sehr gebräunt, athletisch. Er trug einen Pulli in leuchtenden Farben und hatte sich die neuen Gummistiefel sicher extra für diesen Anlass gekauft.

Eines Samstags hielt ein Lastwagen auf der schmalen, abschüssigen Straße, die bis dahin nur die Robinsons benutzt hatten. Adèle und Richard sahen von ihrer Bank aus zu, wie das Paar sich in dem Haus einrichtete.

»Es sind Pariser. Sie kommen nur am Wochenende«, hat Richard erklärt.

Er war es, der eines Sonntagnachmittags zu ihnen hinübergegangen ist. Lucien an der Hand, hat er die Straße überquert und sich vorgestellt. Er hat ihnen ihre Hilfe angeboten. Sie könnten ab und zu nach dem Haus sehen. Anrufen, falls es Probleme gäbe. Und als er wieder ging, hatte er sie zum Essen eingeladen. »Sagen Sie mir Bescheid, sobald Sie wissen, an welchem Wochenende Sie da sind, meine Frau und ich freuen uns sehr, wenn Sie kommen.«

»Was arbeiten sie?«

»Er ist Optiker, glaube ich.«

Die Verdons kommen über die Straße. Die Frau hat

eine Flasche Champagner in der Hand. Richard steht auf, legt Adèle den Arm um die Taille und begrüßt die Gäste. Lucien klammert sich ans Bein seiner Mutter. Er bohrt die Nase in ihren Oberschenkel.

»Guten Tag, du.« Die Frau beugt sich zu dem Kind hinunter. »Sagst du mir nicht guten Tag? Ich heiße Isabelle. Und du, wie heißt du?«

»Er ist schüchtern«, entschuldigt sich Adèle.

»Ach, machen Sie sich keine Gedanken. Ich habe drei davon großgezogen, ich weiß Bescheid. Genießen Sie es! Meine weigern sich, Paris zu verlassen. Sie haben nicht mehr wirklich Lust, das Wochenende mit ihren alten Eltern zu verbringen.«

Adèle geht in die Küche. Isabelle folgt ihr, aber Richard hält sie zurück. »Kommen Sie, setzen Sie sich. Sie mag es nicht, wenn man ihre Küche betritt.«

Adèle hört sie über Paris reden, über Nicolas Verdons Geschäft im 17. Arrondissement und über Isabelles Arbeit bei einer Werbeagentur. Sie wirkt älter als ihr Mann. Sie spricht laut, lacht viel. Obwohl Hochsommer ist und sie auf dem Land sind, trägt sie eine elegante schwarze Seidenbluse. Sie hat sogar Ohrringe angelegt. Als Richard ihr Rosé einschenken will, bedeckt sie ihr Glas behutsam mit der Hand. »Für mich nicht, danke. Sonst bekomme ich noch einen Schwips.«

Adèle setzt sich wieder zu ihnen, Lucien im Schlepptau.

»Richard hat uns erzählt, dass Sie aus Paris hergezogen sind«, sagt Nicolas begeistert. »Sie haben es gut hier.

Erde, Steine, Bäume, nur wahre Dinge. Alles, wovon ich für meine Rente träume.«

»Ja, dieses Haus ist wunderbar.«

Sie sehen alle zur Lindenallee, die Richard hat anlegen lassen, immer zwei und zwei, einander gegenüber. Die Sonne fällt durch die Blätter und taucht den Garten in ein schimmerndes, minzsirupgrünes Licht.

Richard spricht über seine Arbeit, über das, was er »seine Auffassung der Medizin« nennt. Er erzählt Patientengeschichten, lustige und rührende Geschichten, die er Adèle nie erzählt hat, und denen sie mit gesenktem Blick lauscht. Sie wünschte, die Gäste würden sich verabschieden, und sie beide würden gemeinsam dort in der abendlichen Frische sitzen bleiben. Würden, wenn auch schweigend, wenn auch ein wenig verstimmt, den Wein austrinken, der noch auf dem Tisch steht. Und würden, einer hinter dem anderen, nach oben gehen und sich schlafen legen.

»Arbeiten Sie, Adèle?«

»Nein. Aber in Paris war ich Journalistin.«

»Und fehlt Ihnen das nicht?«

»Vierzig Stunden pro Woche schuften, um nicht mehr zu verdienen als das Kindermädchen, ich weiß nicht, ob das wirklich erstrebenswert ist«, fällt Richard ihr ins Wort.

»Gibst du mir eine Zigarette?«

Richard holt das Päckchen aus seiner Tasche und legt es auf den Tisch. Er hat viel getrunken.

Sie essen ohne Appetit. Adèle ist eine schlechte Köchin. Auch wenn die Gäste ihr Komplimente machen, weiß sie doch, dass das Fleisch zu lang im Ofen war und das Gemüse keinerlei Geschmack hat. Isabelle kaut langsam, mit verkrampftem Gesicht, als hätte sie Angst, sich zu verschlucken.

Adèle raucht ununterbrochen. Ihre Lippen sind blau vom Tabak. Sie hebt die Augenbrauen, als Nicolas sie fragt:

»Also, Adèle, was denken Sie als Insiderin über die Situation in Ägypten?«

Sie sagt ihm nicht, dass sie keine Zeitung mehr liest, dass sie den Fernseher nicht anschaltet. Dass sie sogar aufgehört hat, Filme zu schauen. Sie hat zu viel Angst vor Geschichten, Liebesgeschichten, Sexszenen, nackten Körpern. Sie ist zu nervös, um die Aufregung der Welt zu ertragen.

»Mit Ägypten kenne ich mich nicht so gut aus. In Tunesien, im Gegenteil...«

»Hingegen«, korrigiert Richard sie.

»Ja, in Tunesien hingegen habe ich viel gearbeitet.«

Das Gespräch wird allgemein, stumpft ab, schleppt sich dahin. Als alle Themen ausgeschöpft sind, die Unbekannte ohne Gefahr anschneiden können, haben sie sich nicht mehr viel zu sagen. Man hört Gabelklappern und Schlucken. Adèle steht auf, die Zigarette zwischen den Lippen, einen Teller in jeder Hand.

»Die frische Luft macht müde.« Dreimal wiederholen die Verdons diesen Spruch und gehen dann endlich, von Richard beinahe zur Tür hinausgeschoben, der ihnen vom Kiesweg aus hinterherwinkt. Während er zusieht, wie sie ihr Haus betreten, fragt er sich, welche Geheimnisse, welche Abgründe dieses langweilige Paar wohl verbergen mag.

»Wie fandest du die beiden?«, fragt er Adèle.

»Ich weiß nicht. Nett.«

»Und ihn? Wie fandest du ihn?«

Adèle hebt die Augen nicht vom Spülstein.

»Wie gesagt. Ich fand sie nett.«

Adèle geht hoch ins Schlafzimmer. Durchs Fenster sieht sie, wie die Verdons die Klappläden schließen. Sie legt sich hin und rührt sich nicht mehr. Sie wartet auf ihn.

Nicht ein einziges Mal haben sie in getrennten Zimmern geschlafen. Nachts lauscht Adèle seinem Atem, seinem Schnarchen, all diesen heiseren Geräuschen, die das Leben zu zweit ausmachen. Sie schließt die Augen und macht sich ganz klein. Das Gesicht am Bettrand, die Hand in der Luft, wagt sie nicht, sich umzudrehen. Sie könnte ein Knie von ihrer Brust lösen, den Arm ausstrecken, so tun, als schliefe sie, und seine Haut streifen. Doch sie bewegt sich nicht. Wenn sie ihn berührte, und sei es nur aus Versehen, könnte er wütend werden, seine Meinung ändern, sie rauswerfen.

Erst wenn sie ganz sicher ist, dass er schläft, dreht sie sich um. Sie betrachtet ihn, in diesem zitternden Bett, diesem Zimmer, an dem ihr alles zerbrechlich erscheint. Keine einzige Geste wird jemals wieder unschuldig sein. Dieser Gedanke bereitet ihr ebenso grenzenloses Entsetzen wie grenzenlose Freude.

Während seines Studiums machte Richard ein Praktikum in der Notaufnahme des Hôpital de la Pitié-Salpêtrière. Die Sorte Praktikum, bei der einem ständig gesagt wird, »hier lernt man viel, über Medizin genauso wie über die menschliche Natur«. Richard hatte vor allem mit Grippeerkrankungen zu tun, mit Verkehrsunfällen, Opfern von Gewalttaten, Kreislaufkollapsen. Er dachte, er würde Dinge zu sehen bekommen, die weniger alltäglich waren. Das Praktikum erwies sich als äußerst langweilig.

Er erinnert sich sehr gut an den Mann, der in jener Nacht eingeliefert wurde. Ein Clochard, dessen Hose mit Scheiße verschmiert war. Seine Augen waren verdreht, er hatte Schaum vor dem Mund und zitterte am ganzen Leib. »Ein Krampfanfall?«, hatte Richard den Stationsarzt gefragt.

»Nein. Er ist auf Entzug. Delirium tremens.«

Wenn sie zu trinken aufhören, bekommen Alkoholiker unerträgliche Entzugserscheinungen. »Drei bis fünf Tage nach dem letzten Alkoholkonsum beginnt der Kranke lebhafte, meist optische Halluzinationen zu haben, in denen er häufig Kriechtiere, oft Schlangen oder Ratten zu sehen meint. Er befindet sich in einem Zustand extremer Desorientiertheit, leidet unter paranoiden Wahnvorstellungen und Übererregtheit. Manche hören Stimmen, andere haben epileptische Anfälle. Bei Nichtbehandlung kann der plötzliche Tod eintreten. Vor allem nachts, wenn die Attacken am heftigsten sind, sollte der Patient nicht alleine bleiben.«

Richard hatte bei dem Clochard gewacht, der seinen Kopf gegen die Wand geschlagen und mit den Armen in der Luft herumgefuchtelte hatte, um irgendetwas zu verscheuchen. Er hatte ihn daran gehindert, sich selbst wehzutun, hatte ihm Beruhigungsmittel verabreicht. Unerschütterlich hatte er seine verschmierte Hose aufgeschnitten und den Körper des Mannes abgerieben. Er hatte sein Gesicht gesäubert und ihm den Bart gestutzt, der mit getrocknetem Erbrochenem verklebt war. Er hatte ihn sogar gebadet.

Am Morgen, als der Patient das bisschen Luzidität, das ihm blieb, wiedergewonnen hatte, versuchte Richard, ihm zu erklären: »Man darf nicht einfach so aufhören. Das ist sehr gefährlich, wie Sie sehen. Ich weiß, Sie hatten vermutlich keine andere Wahl, aber es gibt Methoden, bestimmte Verhaltensregeln für Leute in Ihrer Situation.« Der Mann sah ihn nicht an. Das Gesicht bläulich und geschwollen, die Augen von Gelbsucht getrübt, durchfuhr ihn von Zeit zu Zeit ein Zittern, als wäre ihm gerade eine Ratte über den Rücken gelaufen.

Nach fünfzehn Jahren Berufspraxis kann Doktor Robinson sagen, dass er den menschlichen Körper kennt. Dass ihn nichts abschreckt oder ängstigt. Er weiß die Zeichen zu erkennen, die Symptome zu deuten. Lösungen zu finden. Selbst das Leid kann er ermessen, wenn er die Patienten fragt: »Auf einer Skala von eins bis zehn, wie würden Sie Ihren Schmerz einschätzen?«

Bei Adèle hat er das Gefühl, an der Seite einer Kranken ohne Symptome gelebt zu haben, mit einem schlafenden Tumor, der im Stillen nagt, ohne sich zu erkennen zu geben. Als sie in das Haus eingezogen sind, hat er erwartet, dass sie einbricht. Dass sie nervös wird. Er war sich sicher, dass sie, wie jede Süchtige, der man ihre Droge entzieht, durchdrehen würde, und er hatte sich darauf vorbereitet. Er hatte sich gesagt, dass er wüsste, was zu tun wäre, wenn sie gewalttätig würde, wenn sie auf ihn einschlagen und nachts herumbrüllen würde. Wenn sie sich ritzen, sich ein Messer unter die Nägel treiben würde. Er würde als Wissenschaftler reagieren, würde ihr Medikamente verschreiben. Er würde sie retten.

An dem Abend, als er sie zur Rede stellte, war er vollkommen unvorbereitet gewesen. Er hatte keinerlei Entscheidung bezüglich ihrer beider Zukunft getroffen. Er wollte sich nur von seiner Last befreien, sie vor seinen Augen zusammenbrechen sehen. Er stand unter Schock, war wie betäubt, doch Adèles Passivität versetzte ihn in Rage. Sie hat sich nicht gerechtfertigt. Sie hat nicht ein einziges Mal versucht, zu leugnen. Sie wirkte wie ein Kind, das erleichtert ist, dass man sein Geheimnis entdeckt hat, und bereit, seine Strafe zu erdulden.

Sie hat sich ein Glas eingeschenkt. Sie hat eine Zigarette geraucht und gesagt: »Ich werde tun, was du willst.« Dann hat sie gestammelt: »Samstag ist Luciens Geburtstag.« Da ist es ihm wieder eingefallen. Odile und Henri sollten nach Paris kommen. Clémence, die Cousins und ein ganzer Haufen Freunde waren seit Wochen eingeladen. Er brachte es nicht über sich, alles abzublasen. Ihm war bewusst, dass das lächerlich war. Dass solche gesellschaftlichen Verpflichtungen angesichts eines Lebens, das den Bach runtergeht, keinerlei Bedeutung haben sollten. Doch er klammerte sich daran wie an einen Rettungsanker.

»Wir feiern den Geburtstag, und danach sehen wir weiter.« Er hatte ihr Anweisungen gegeben. Er wollte sie nicht schmollen oder weinen sehen. Sie musste freundlich, gut gelaunt, perfekt sein. »Das ist doch deine ganz große Stärke, den Leuten etwas vorzumachen.« Allein der Gedanke, dass jemand etwas erfahren, dass es bekannt werden könnte, genügte, um ihn in Panik zu versetzen. Sollte Adèle die Familie verlassen, so müsste man eine Erklärung finden, ein banales Szenario entwerfen. Sagen, dass sie beide sich nicht mehr verstanden, und fertig. Er hatte sie schwören lassen, dass sie sich niemandem anvertrauen würde. Und Lauren in seiner Gegenwart nie wieder erwähnen würde.

Am Samstag haben sie schweigend Luftballons aufgeblasen. Sie haben die Wohnung geschmückt, und es kostete Richard übermenschliche Beherrschung, Lucien nicht anzuschreien, der wie besessen von einem Zimmer ins andere rannte. Er ignorierte Odiles Bemerkung, die sich wunderte, dass er am hellen Nachmittag so viel trank. »Das ist doch ein Kindergeburtstag, oder?«

Lucien war glücklich. Um neunzehn Uhr schlief er, komplett angezogen, inmitten seiner neuen Spielsachen ein. Sie beide waren wieder allein. Adèle ist zu ihm gekommen, lächelnd, mit strahlendem Blick. »Das ist gut gelaufen, oder?« Vom Sofa aus hat er zugesehen, wie sie das Wohnzimmer aufräumte, und ihre Ruhe erschien ihm monströs. Er ertrug sie einfach nicht mehr. Die kleinste ihrer Gesten regte ihn auf. Wie sie sich eine Strähne hinters Ohr schob. Mit der Zunge über die Unterlippe fuhr. Ihre Angewohnheit, das Geschirr achtlos in die Spüle zu schmeißen, ununterbrochen zu rauchen. Er fand an ihr keinerlei Reiz mehr, keinerlei Interesse. Er hatte Lust, sie zu schlagen, sie verschwinden zu sehen.

Er hat sich ihr genähert und mit fester Stimme gesagt: »Nimm deine Sachen. Geh.«

»Was? Jetzt? Und Lucien? Ich habe ihm nicht mal auf Wiedersehen gesagt.«

»Verschwinde von hier!«, hat er geschrien.

Er hat mit seinen Krücken nach ihr geschlagen und sie ins Schlafzimmer geschleift. Ohne ein Wort, mit entschlossenem Blick, hat er irgendwelche Sachen wild durcheinander in eine Tasche geworfen. Er ist ins Bad gegangen und hat mit einer einzigen Armbewegung all ihre Kosmetikprodukte, ihre Parfums in einen Kulturbeutel geschoben. Da hat sie ihn zum ersten Mal angefleht. Sie hat sich ihm zu Füßen geworfen. Mit geschwollenem Gesicht und von keuchenden Schluchzern zerhackter Stimme hat sie geschworen, dass sie ohne ihn und Lucien sterben würde. Dass sie den Verlust ihres Sohnes nicht überleben würde. Sie hat gesagt, dass sie zu allem bereit sei, damit er ihr verzieh. Dass sie gesund werden wolle, dass sie alles geben würde für eine zweite Chance mit ihm. »Dieses andere Leben hat mir nichts bedeutet. Nichts.« Sie hat ihm gesagt, dass sie ihn liebte. Dass kein anderer Mann je für sie gezählt hatte. Dass er der Einzige war, mit dem zu leben für sie in Betracht kam.

Er hatte gedacht, er wäre stark genug, sie auf die Straße zu setzen, ohne Geld, ohne Arbeit, ohne einen anderen Ausweg, als zu ihrer Mutter in die trübselige Wohnung in Boulogne-sur-Mer zurückzukehren. Einen Moment lang fühlte er sich sogar ganz und gar in der Lage, Lucien, wenn er fragen würde, zu antworten: »Mami ist krank. Sie muss woanders wohnen, damit es ihr wieder bessergeht.« Aber es ist ihm nicht gelungen. Er hat es nicht geschafft, die Tür zu öffnen und sie aus seinem Leben zu entfernen. Den Gedanken zu ertragen, dass sie an einem anderen Ort existieren könnte. Als wäre seine Wut nicht groß genug. Als wollte er verstehen, was sie beide, die eine wie den anderen, zu einem solchen Irrsinn getrieben hatte.

Er hat die Tasche auf den Boden geschmissen. Er hat in ihre flehenden Augen geblickt, die Augen eines in die Enge getriebenen Tieres, und hat sein Bein geschüttelt, damit sie sich nicht mehr an ihn klammern konnte. Sie ist hingefallen wie ein nasser Sack, und er hat die Wohnung verlassen. Draußen herrschte beißende Kälte, doch er spürte nichts. Auf seine Krücken gestützt, ist er langsam die Straße hinuntergegangen bis zum Taxistand. Der Fahrer hat ihm geholfen, sein eingegipstes Bein auf die Rückbank zu legen. Richard hat ihm einen Geldschein gegeben und ihn gebeten, zu fahren. »Und machen Sie bitte die Musik aus.« Sie sind an den Quais entlang und über die Brücken von einem Ufer zum anderen gefahren, in einem endlosen Zickzackkurs, den Schmerz immer im Rücken. Er hatte das

Gefühl, dass er, wenn er nur einen Augenblick innehielte, vom Kummer überwältigt werden würde, unfähig, sich zu rühren, zu atmen. Schließlich hat der Chauffeur ihn in der Nähe des Gare Saint-Lazare abgesetzt. Richard ist in eine Brasserie gegangen. Sie war voller Leute, alte Paare, die aus dem Theater kamen, lärmende Touristen, geschiedene Frauen auf der Suche nach einem neuen Leben.

Er hätte jemanden anrufen, sich an der Schulter eines Freundes ausweinen können. Doch wie hätte er es erzählen sollen? Was hätte er sagen sollen? Adèle glaubt sicher, dass er aus Scham mit niemandem darüber spricht. Dass er lieber sein Gesicht wahrt, als den Beistand freundschaftlichen Mitgefühls zu suchen. Sie muss denken, dass er Angst hat, als Gehörnter dazustehen, gedemütigt. Doch er pfeift darauf, wie die anderen ihn sehen. Er fürchtet vielmehr, was sie über Adèle sagen werden, wie sie sie abstempeln, sie heruntermachen werden. Wie sie seine Trauer ins Lächerliche ziehen werden. Am meisten fürchtet er, dass sie ihn zu einer Entscheidung drängen, dass sie mit überzeugter Miene sagen: »Unter diesen Umständen, Richard, kannst du sie nur verlassen.« Über Dinge zu reden macht sie irreversibel.

Er hat niemanden angerufen. Hat stundenlang allein auf sein Glas gestarrt, ohne zu merken, dass die Brasserie sich leerte, dass es inzwischen zwei Uhr morgens war und der alte Kellner in seiner weißen Schürze nur noch darauf wartete, dass er zahlte und ging.

Er ist nach Hause gegangen. Adèle schlief in Luciens Bett. Alles war normal. Entsetzlich normal. Er konnte nicht fassen, dass es ihm gelang zu leben.

Am folgenden Tag stand seine Diagnose fest. Adèle war krank, sie würde sich behandeln lassen. »Wir werden jemanden finden. Er wird sich um dich kümmern.« Zwei Tage später hat er sie in ein medizinisches Labor geschleift und ein dutzend Analysen machen lassen. Als die durchweg guten Resultate gekommen sind, hat er bemerkt: »Du hast sehr viel Glück gehabt.«

Er hat ihr Fragen gestellt. Tausende von Fragen. Er hat ihr nicht eine Minute Ruhe gelassen. Er hat sie mitten in der Nacht aufgeweckt, um sich einen Verdacht bestätigen, Einzelheiten schildern zu lassen. Er war besessen davon, alle Daten zu erfahren, sie abzugleichen und in Übereinstimmung zu bringen. Sie sagte immer wieder: »Ich erinnere mich wirklich nicht. Das war nie wichtig für mich.« Doch er wollte alles wissen über diese Männer. Ihren Namen, ihr Alter, ihren Beruf, wo sie sie kennengelernt hatte. Er wollte wissen, wie lange die jeweiligen Abenteuer gedauert hatten, wo sie sich getroffen, was sie erlebt hatten.

Am Ende hat sie seinem Drängen nachgegeben und erzählt, im Dunkeln und indem sie ihm den Rücken zuwandte. Sie war vollkommen klar, drückte sich präzise aus und ohne Emotionen. Manchmal ging sie auf sexuelle Details ein, doch dann unterbrach er sie. Sie sagte: »Es ging aber ausschließlich darum.« Sie versuchte, ihm das unstillbare Verlangen zu beschreiben, den nicht zu beherrschenden Trieb, ihre Verzweiflung darüber, dem kein Ende setzen zu können. Was ihn dagegen quälte, war der Gedanke, wie sie Lucien ganze Nachmittage lang hatte allein lassen können, um einen Liebhaber zu treffen. Dass sie eine dringende berufliche Verpflichtung erfunden hatte, um einen

Familienurlaub abzusagen und zwei Tage lang in einem miesen Hotel in der Banlieue zu vögeln. Was ihn zugleich empörte und faszinierte, war, wie mühelos sie gelogen und dieses Doppelleben geführt hatte. Er ist darauf reingefallen. Sie hat ihn an der Nase herumgeführt wie den letzten Hampelmann. Vielleicht hat sie manchmal sogar gelacht, wenn sie heimkam, den Leib noch voller Sperma, die Haut getränkt von fremdem Schweiß. Vielleicht hat sie sich über ihn lustig gemacht, hat ihn vor ihren Liebhabern nachgeahmt. Sicher hat sie gesagt: »Mein Mann? Mach dir keine Sorgen, der bekommt nichts mit.«

Er kramte in seinen Erinnerungen, bis ihm schlecht wurde. Er versuchte sich daran zu erinnern, wie er reagiert hatte, wenn sie spät nach Hause kam, wenn sie verschwand. Was war da mit ihrem Geruch? Ihrem Atem? War er, wenn sie mit ihm sprach, mit dem Atem anderer Männer vermischt? Er suchte nach einem Zeichen, einer offenkundigen Tatsache vielleicht, die er nicht hatte sehen wollen. Doch nichts, ihm kam nichts in den Sinn. Seine Frau war eine absolut großartige Betrügerin.

Als er Adèle seinen Eltern vorstellte, hatte Odile sehr zurückhaltend auf die Wahl ihres Sohnes reagiert. Ihm selbst hatte sie nichts gesagt, aber über Clémence hatte er erfahren, dass sie das Wort »berechnend« gebraucht hatte. »Das ist kein Mädchen für ihn. Sie bildet sich wer weiß was ein.« Odile hatte dieser verschlossenen Frau immer misstraut. Ihre Reserviertheit und ihr fehlender Mutterinstinkt beunruhigten sie.

Doch er, der schüchterne, unbedarfte Student aus der

Provinz, verzehrte sich danach, sie in seinen Armen zu halten. Nicht nur ihre Schönheit, sondern auch ihr Auftreten verzauberten ihn. Wenn er sie ansah, musste er tief Luft holen. Ihre Gegenwart erfüllte ihn so sehr, dass es wehtat. Er liebte es, sie leben zu sehen, er kannte jede ihrer Gesten in- und auswendig. Sie sprach wenig. Anders als seine Kommilitoninnen verfiel sie nie in Tratsch und unnützes Gerede. Er ging mit ihr in schöne Restaurants. Er organisierte Reisen in Städte, von denen sie träumte. Sehr schnell hat er ihr seine Eltern vorgestellt. Er hat sie gefragt, ob sie zusammenziehen wollen, und sich ganz allein darum gekümmert, eine Wohnung zu finden. Sie sagte oft: »Das passiert mir zum ersten Mal.« Und er war stolz darauf. Er hatte ihr versprochen, dass sie sich über nichts Gedanken machen müsste und dass er für sie sorgen würde wie niemand vor ihm. Sie war seine Neurose, sein Spleen, sein Idealbild. Sein anderes Leben.

»Los. Wir versuchen es noch mal.«

Am Anfang hatte sie die Augen geschlossen. So konnte es nichts werden. Sie war so steif, so kühl, dass er darüber schier verrückt wurde. Er hatte unbändige Lust, sie zu schlagen, mittendrin aufzuhören, sie sitzenzulassen, ganz allein. Sie tun es am Samstagnachmittag und manchmal sonntags. Richard zwingt sich, geduldig zu sein. Er holt tief Luft, wenn sie ihm hundertmal dieselbe Frage stellt mit ihrer schrillen Kleinmädchenstimme. Sie winkelt die Arme an, zieht die Schultern hoch, schaut starr vor sich hin. Sie begreift nichts.

»Jetzt entspann dich doch mal. Beug dich nicht so vor, richte dich ein bisschen auf. Es soll Spaß machen, keine Qual sein«, schimpft Richard genervt.

Er nimmt Adèles Hände und legt sie aufs Lenkrad. Er stellt den Rückspiegel ein.

An einem Nachmittag im Juli fahren sie über Landstraßen. Lucien sitzt hinten. Adèle trägt ein knielanges Kleid und hat ihre nackten Füße auf die Pedale gestellt. Es ist heiß, die Straßen sind verlassen.

»Siehst du, hier ist niemand, du hast keinerlei Grund zur Sorge. Ein bisschen schneller kannst du ruhig fahren.«

Adèle dreht sich zu Lucien um, der eingeschlafen ist. Sie zögert, dann tritt sie fest aufs Gaspedal. Das Auto schießt davon. Adèle erschrickt zu Tode.

»Schalt endlich in den Vierten! So machst du den Motor kaputt. Hörst du nicht, wie er heult? Was machst du denn?«

Adèle bremst abrupt und sieht Richard zerknirscht an.

»Es ist wirklich unglaublich, man könnte denken, dass du nicht in der Lage bist, deine Hände und deine Füße gleichzeitig zu gebrauchen. Du bist echt unfähig, weißt du das?«

Sie zuckt mit den Achseln und lacht los. Richard sieht sie verdattert an. Er hatte vollkommen vergessen, wie ihr Lachen klingt. Wie rauschendes Wasser, wie ein Wildbach. Ein Lachen aus vollem Hals, das sie ihren Kopf nach hinten werfen und ihre lange Kehle entblößen lässt. Er hatte sich nicht mehr an die seltsame Art erinnert, wie sie die Hände vor den Mund legt und die Augen schließt, sodass es leicht spöttisch, fast ein bisschen gemein wirkt. Er möchte sie an sich drücken, sich an dieser plötzlichen Freude nähren, dieser Heiterkeit, die ihnen so sehr gefehlt hat.

»Zurück fahre ich. Und weißt du was? Vielleicht solltest du lieber richtige Fahrstunden nehmen. Bei einem Profi, meine ich. Das funktioniert sicher besser.«

Adèle macht nur langsam Fortschritte, aber er hat sich vorgenommen, ihr ein Auto zu kaufen, wenn sie die Fahrprüfung besteht. Er wird es sich bestimmt nicht verkneifen können, den Kilometerstand zu kontrollieren, und er wird ihr Tankbudget gering halten, doch sie wird wenigstens kleinere Strecken zurücklegen können. Als sie hergezogen sind, hat er sie die ganze Zeit überwacht. Er konnte nicht anders. Er hat sie regelrecht beschattet, wie eine Kriminelle. Mehrmals täglich hat er sie zu Hause angerufen. Ab und zu verließ er aus einer plötzlichen Anwandlung heraus zwischen zwei Terminen die Klinik und kam zurück, nur um sie in ihrem blauen Sessel anzutreffen, den Blick auf den Garten gerichtet.

Manchmal ist er auch grausam gewesen. Er hat seine Gewalt über sie ausgenutzt, um sie zu erniedrigen. An einem Morgen hat sie ihn gebeten, sie auf dem Weg in die Klinik mit in die Stadt zu nehmen. Sie wollte einkaufen und ein bisschen bummeln gehen. Sie hat sogar vorgeschlagen, in einem Restaurant, von dem er ihr erzählt hatte, mit ihm zu Mittag zu essen. »Wartest du auf mich? Ich brauche nur zwei Minuten.« Sie ist hochgegangen, um sich fertig zu machen. Sie hat die Badezimmertür verriegelt, und er ist losgefahren. Sicher hat sie den Wagen wegfahren hören, während sie sich anzog. Bestimmt hat sie durchs Fenster dem Auto hinterhergeschaut, das sich entfernte. Am Abend hat er den Vorfall nicht mal erwähnt. Er hat sie gefragt, wie ihr Tag gewesen ist. Sie hat lächelnd geantwortet: »Sehr gut.«

Vor anderen macht er Dinge, die er sofort bereut. Er hält ihren Arm umklammert, zwickt sie in den Rücken, lässt sie nicht aus den Augen, bis es den übrigen Anwesenden peinlich wird. Er verfolgt jede ihrer Bewegungen. Er liest von ihren Lippen ab. Sie gehen selten aus, aber er ist froh, dass er die Verdons eingeladen hat. Vielleicht wird er nach den Sommerferien ein Fest geben. Etwas ganz Einfaches, mit seinen Kollegen und den Eltern der Freunde von Lucien.

Seine unablässigen Verdächtigungen ermüden ihn. Er möchte nicht mehr denken, dass er ihre Anwesenheit nur ihrer mangelnden Eigenständigkeit verdankt. Er nimmt sich vor, etwas mehr Geld im Haus zu lassen. Er drängt sie, mit Lucien im Zug zu den Großeltern nach Caen oder Boulogne-sur-Mer zu fahren. Er hat ihr sogar gesagt, es sei an der Zeit, dass sie sich überlegt, was sie mit ihrem Leben anfangen möchte.

Manchmal gibt er sich einem irrationalen Hochgefühl hin, einem Optimismus, vor dem sich jeder Arzt hüten sollte. Er redet sich ein, dass er sie heilen kann, dass sie sich an ihn geklammert hat, weil sie gespürt hat, dass er ihre Rettung ist. Am Vortag ist sie gut gelaunt aufgestanden. Das Wetter war strahlend schön. Richard hat sie und Lucien, für den sie ein paar Sachen kaufen musste, mit in die Stadt genommen. Im Auto hat sie von einem Kleid in einem Schaufenster gesprochen, das ihr gefallen hatte. Sie hat irgendwelche obskuren Erwägungen genuschelt über das Geld, das sie noch hat und das sie wird sparen müssen, um sich dieses Kleid zu leisten. Richard hat sie unterbrochen. »Mach mit dem Geld, was du willst. Hör auf, mir Rechenschaft abzulegen.« Sie wirkte zugleich dankbar und hilflos, als hätte sie sich an dieses krankhafte Spiel gewöhnt.

»Sie glücklich machen.« Wie einfach das klang, wenn Henri es über Odile sagte, wenn er wiederholte, das sei das eigentliche Lebensziel. Eine Familie gründen und sie glücklich machen. Wie einfach das schien, auf dem Rathausvorplatz, in der Entbindungsstation, bei ihrer Einweihungsparty, als alle überzeugt wirkten, dass Richard die Schlüssel zu einem gelungenen Leben in Händen hielt.

Odile sagt immerzu, dass sie ein zweites Kind bekommen sollten. Dass ein so schönes Haus für eine große Familie gemacht ist. Jedes Mal, wenn sie sie besuchen kommt, schaut sie verschwörerisch auf Adèles Bauch, die den Kopf schüttelt. Richard ist es dermaßen peinlich, dass er so tut, als verstünde er nicht, worum es geht.

Er hat sich für Adèle ein neues Leben vorgestellt, in dem sie vor sich selbst und ihren Trieben in Sicherheit wäre. Ein Leben, bestehend aus Zwängen und Gewohnheiten. Jeden Morgen weckt er sie. Er will nicht, dass sie im Bett liegen bleibt, dass sie düstere Gedanken wälzt. Zu viel Schlaf schadet ihr. Er verlässt nicht eher das Haus, bis er sie ihre Turnschuhe anziehen und auf dem Feldweg loslaufen sieht. An der Hecke dreht sie sich um, winkt ihm, und er startet den Wagen.

Vermutlich, weil sie auf dem Land aufgewachsen ist, hat Simone es immer verabscheut. Ihrer Tochter gegenüber stellte sie es als trostlosen Ort dar, und die Natur war für Adèle seit jeher ein wildes Tier, das man zu zähmen meint und das einem ohne Vorwarnung an die Gurgel springt. Sie wagt nicht, es Richard zu sagen, aber sie hat Angst, auf den Landstraßen zu laufen, in den einsamen Wald einzudringen. In Paris liebte sie es, inmitten der Passanten zu joggen. Die Stadt gab ihr den Rhythmus, das Tempo vor. Hier rennt sie schneller, als wären ihr Angreifer auf den Fersen. Richard wünschte, sie würde die Landschaft genießen, sich von der Ruhe der Täler, der Harmonie der von

Hecken und Baumreihen durchzogenen Felder bezaubern lassen. Doch sie hält nie an. Sie rennt sich die Lunge aus dem Leib und kehrt erschöpft heim, mit pochenden Schläfen und jedes Mal aufs Neue erstaunt, dass sie sich nicht verlaufen hat. Sie hat kaum Zeit, ihre Schuhe auszuziehen, da klingelt auch schon das Telefon, und sie holt Atem, um Richard zu antworten.

»Man muss den Körper auslaugen.« Das sagt sie sich, um sich Mut zu machen. Es kommt vor, dass sie daran glaubt, morgens nach einer ruhigen Nacht. Dass sie optimistisch ist, Pläne schmiedet. Doch die Stunden vergehen und zehren auf, was ihr an Entschlossenheit bleibt. Ihr Therapeut hat ihr geraten, zu schreien. Da musste Adèle lachen. »Ich meine es vollkommen ernst. Sie müssen brüllen, einen Schrei ausstoßen, so laut Sie nur können.« Er hat gesagt, dass es sie erleichtern würde. Doch selbst ganz alleine, mitten im Nirgendwo, ist es ihr nicht gelungen, ihre Wut herauszulocken. Sie herauszuschreien.

Sie ist es, die am Nachmittag Lucien abholt. Sie geht zu Fuß ins Dorf und spricht mit niemandem. Sie grüßt die Leute mit einem Kopfnicken. Die Zudringlichkeit der Dorfbewohner lässt sie erstarren. Sie vermeidet es, vor dem Tor des Kindergartens zu warten, aus Angst, die anderen Mütter könnten sie ansprechen. Sie hat ihrem Sohn erklärt, dass er nur ein kleines Stückchen zu ihr gehen muss. »Weißt du, da, wo die Statue von der Kuh ist. Da warte ich auf dich.«

Sie kommt immer überpünktlich. Sie setzt sich auf die Bank gegenüber der Festhalle. Wenn sie belegt ist, bleibt sie stehen, unerschütterlich, bis der Sitzende sich so unwohl fühlt, dass er ihr schließlich seinen Platz überlässt. Richard hat ihr erzählt, dass das Dorf 1944 versehentlich von den Amerikanern bombardiert wurde. In weniger als zwanzig Minuten war das Örtchen ausradiert. Die Architekten haben versucht, die Gebäude identisch wiederaufzubauen, das normannische Fachwerk nachzubilden, doch der Charme ist aufgesetzt. Adèle hat ihn gefragt, ob die amerikanischen Flugzeuge die Kirche aus religiösen Gründen verschont hatten. »Nein«, hat Richard geantwortet, »sie war nur stabiler.«

Als der Frühling kam, hat ihr Arzt darauf bestanden, dass sie die Tage an der frischen Luft verbringt. Er hat ihr geraten, in den Garten zu gehen und Blumen zu pflanzen, die sie dann wachsen sehen würde. Émile hat ihr geholfen, hinten im Garten ein Gemüsebeet anzulegen. Sie verbringt dort viel Zeit mit Lucien. Ihr Sohn liebt es, im Schlamm herumzupatschen, die Saubohnen zu gießen, mit Erde verschmutzte Blätter zu kauen. Der Juli hat gerade erst begonnen, doch sie kommt nicht umhin zu bemerken, dass die Tage kürzer werden. Sie späht zum Himmel, der sich immer früher verdüstert, und erwartet mit Bangen die Rückkehr des Winters. Die unablässige Folge regnerischer Tage. Die Linden, die man schneiden muss und die ihre schwarzen Stümpfe zur Schau stellen wie riesige Kadaver. Als sie aus Paris fortgegangen ist, hat sie alles hinter sich gelassen. Sie hat keine Arbeit mehr, keine Freunde, kein Geld. Nichts, nur dieses Haus, wo der Winter sie gefangen hält und der Sommer ihr etwas vorgaukelt. Manchmal wirkt sie wie ein verstörter Vogel, der mit seinem Schnabel gegen die Scheiben stößt, seine Flügel an den Türklinken bricht. Es fällt ihr immer schwerer, ihre Ungeduld zu verbergen, ihre Gereiztheit nicht zu zeigen. Dabei gibt sie sich Mühe. Sie beißt sich in die Wangen, macht Atemübungen, um ihre Beklemmung zu ertragen. Richard hat ihr verboten, Lucien den Nachmittag vor dem Fernseher verbringen zu lassen, und so zwingt sie sich, sich unterhaltsame Beschäftigungen für ihn auszudenken. Eines Abends, als Richard nach Hause gekommen ist, saß sie mit rotem Gesicht und verquollenen Augen auf dem Wohnzimmerteppich. Sie hatte den ganzen Nachmittag lang versucht, einen Farbfleck wegzuschrubben, den Lucien auf ihrem blauen Sessel hinterlassen hatte. »Er hat nicht auf mich gehört. Er kann nicht einfach nur spielen«, wiederholte sie wütend mit geballten Fäusten.

»Als Sie das letzte Mal hier waren, sagten Sie, Sie hielten sich für geheilt. Was meinten Sie damit?«

»Ich weiß nicht«, antwortet sie schulterzuckend.

Der Arzt lässt Stille eintreten. Er sieht sie aus seinen wohlmeinenden Augen unverwandt an. Als er sie das erste Mal in seiner Praxis empfing, hat er ihr gesagt, er sei nicht gewappnet für ihren Fall. Dass man normalerweise Verhaltens- und Sporttherapien sowie Gesprächsgruppen empfehlen würde. Sie hat mit fester, eisiger Stimme geantwortet: »Das kommt nicht in Frage. Ich finde das widerlich. Wie erbärmlich, seine Schande vor anderen auszubreiten.«

Sie hatte darauf bestanden, zu ihm, und nur zu ihm zu kommen. Sie behauptete, er flöße ihr Vertrauen ein. Und er hatte eingewilligt, widerstrebend und etwas gerührt von dieser mageren, bleichen Frau, die in ihrer blauen Bluse zu versinken schien.

»Sagen wir, ich bleibe ruhig.«

»Bedeutet das gesund werden für Sie? Ruhig bleiben?«

»Ja. Ich glaube. Aber gesund werden ist auch schrecklich. Man verliert etwas. Verstehen Sie?«

»Natürlich.«

»Am Ende hatte ich immerzu Angst. Ich hatte das Gefühl, die Kontrolle verloren zu haben. Ich war erschöpft, es musste aufhören. Aber ich habe niemals gedacht, dass er mir verzeihen könnte.«

Adèles Nägel kratzen über die Armlehne des Stoffsessels. Draußen türmen schwarze Wolken ihre spitzen Kuppen auf. Das Gewitter wird bald losbrechen. Von hier aus kann sie die Seitenstraße sehen und das Auto, in dem Richard auf sie wartet.

»In der Nacht, nachdem er alles herausgefunden hatte, habe ich wunderbar geschlafen. Tief und erholsam. Ganz gleich, wie verwüstet die Wohnung war und wie sehr Richard mich hasste, als ich aufgewacht bin, empfand ich eine seltsame Freude, sogar Aufregung.«

»Sie waren erleichtert.«

Adèle schweigt. Der Regen trommelt wütend auf das Pflaster. Man konnte meinen, die Nacht sei mitten am Tag hereingebrochen.

»Mein Vater ist gestorben.«

»Oh, es tut mir leid, das zu hören, Adèle. War Ihr Vater krank?«

»Nein, er hatte einen Schlaganfall, gestern Abend, im Schlaf.«

»Sind Sie traurig deswegen?«

»Ich weiß nicht. Im Grunde war er nie gerne da.«

Sie stützt ihr Gesicht auf die rechte Hand und versinkt im Sessel.

»Ich werde zu seiner Beerdigung fahren. Ich werde alleine hingehen. Richard kann nicht aus der Klinik weg, und außerdem findet er, dass Lucien zu klein ist, um mit dem Tod konfrontiert zu werden. Er hat nicht mal vorgeschlagen, mich zu begleiten. Ich fahre hin. Alleine.«

»Nehmen Sie es Richard übel, dass er Sie in dieser Situation im Stich lässt?«

»Oh, nein«, antwortet sie leise. »Ich freue mich darüber.«

Richard hat Sex nie viel Bedeutung beigemessen. Selbst als er jünger war, hat er nur ein relatives Vergnügen daran gefunden. Er langweilte sich immer etwas bei dieser Übung. Es dauerte ihm zu lang. Er fühlte sich unfähig, den leidenschaftlichen Liebhaber zu spielen, und hatte einfältigerweise geglaubt, Adèle sei erleichtert über sein laues Begehren. Wie jede intelligente und feinsinnige Frau es wäre. Er dachte, Sex sei nichts gegenüber all dem, was er ihr sonst zu bieten hatte. Vor anderen tat er manchmal so, als ob es ihn interessierte, um den Schein zu wahren und sich selbst seiner Männlichkeit zu versichern. Er machte eine anzügliche Bemerkung über den Hintern einer Frau, deutete seinen Freunden gegenüber ein Liebesabenteuer an. Er war nicht stolz darauf. Das kam ihm einfach nicht in den Sinn.

Er hatte immer davon geträumt, Vater zu sein, eine Familie zu haben, die sich auf ihn verlassen könnte und der er all das geben würde, was er selbst bekommen hatte. Er hatte Lucien mehr als alles andere ersehnt, und der Gedanke, ihn zu zeugen, hatte ihn mit Angst erfüllt. Doch Adèle war sehr schnell, ja auf Anhieb, schwanger geworden. Er hatte vorgegeben, sich etwas darauf einzubilden, es als Beweis seiner Potenz zu betrachten. In Wirklichkeit war er erleichtert, dass er dem Körper der Frau, die er liebte, nicht allzu sehr hatte zusetzen müssen.

Nicht ein einziges Mal hatte Richard daran gedacht, sich zu rächen. Auch nicht daran, das Gleichgewicht in einem Kampf wiederherzustellen, den er von vornherein verloren wusste. Ein Mal hatte sich die Gelegenheit geboten, eine junge Frau mitzunehmen, und er hat sie beim Schopf ergriffen, ohne recht zu überlegen. Ohne zu wissen, was er sich davon erhoffte.

Drei Monate nach seinem Einstand in der Klinik hatte man ihm Matilda vorgestellt, die in der Apotheke ihres Vaters ein Praktikum absolvierte. Ein rundliches Mädchen mit olivgrünen Augen, das seine Pickel hinter langen roten Locken verbarg. Ihr fehlte nicht viel, um hübsch zu sein.

Eines Abends, als er gegenüber der Klinik ein Bier trank, hat Richard sie mit zwei Freundinnen ihres Alters an einem Tisch sitzen sehen. Sie winkte ihm. Sie lächelte ihm zu. Er hat nicht verstanden, ob sie ihn einladen wollte, sich zu ihnen zu gesellen, oder ob sie nur meinte, ihm guten Tag sagen zu müssen, weil er ein Freund ihres Vaters war. Richard hat sie zurückgegrüßt.

Träge vom Alkohol und der Hitze, achtete er nicht weiter auf sie. Er hatte sie schon komplett vergessen, als sie sich seinem Tisch näherte und sagte: »Richard, nicht wahr?«

Schweißtropfen rannen seine Wirbelsäule hinunter.

»Ja, Richard Robinson.« Er hat sich ungeschickt erhoben und ihr die Hand gedrückt.

Sie hat sich hingesetzt, ohne zu fragen, weit weniger

schüchtern, als man vermutet hätte, wenn sie hinter dem Verkaufstresen der Apotheke errötete. Sie fing an, von der Uni zu erzählen, von Rouen, wo sie lebte, davon, dass sie gern Medizin studiert hätte, es sich aber nicht zugetraut hatte. Sie redete sehr schnell, mit heller, singender Stimme. Richard nickte matt, sein Gesicht war schweißnass. Er bemühte sich, die Augen offen zu halten und sie anzusehen, im richtigen Moment zu lächeln, manchmal sogar, das Gespräch wieder in Gang zu bringen.

Sie sind durch die Straßen geschlendert, ohne konkretes Ziel. Er hat sie um eine Zigarette gebeten, die zu rauchen ihn Überwindung kostete. Er wollte sagen: »Was machen wir jetzt?«, aber er hat geschwiegen. Sie sind zurück zur Klinik gelaufen. Als sie vor dem Gebäude ankamen, waren sie weder zögerlich noch übereifrig. Richard hat sein Schlüsselbund herausgeholt, und sie sind über die Garage hineingegangen.

In seinem Behandlungszimmer hat Richard die Läden geschlossen.

»Ich habe leider nichts zu trinken. Nur Wasser, wenn du möchtest.«

»Kann ich rauchen?«

Ihre Haut. Ihre milchweiße Haut war fade. Er legte seine Lippen darauf. Er öffnete leicht den Mund, fuhr mit der Zunge über ihren Hals, hinter das Ohr. Ihr Körper hatte keinerlei Geschmack, ihm fehlte jeglicher Kontrast. Selbst ihr Schweiß roch nach nichts. Nur an ihren Fingern hing eine Spur Zigarettenrauch.

Sie hat selbst die dünne weiße Bluse aufgeknöpft, die

sie trug, und Richard hat verstört diesen runden Bauch betrachtet, diese vom Rock hinterlassenen Falten, die kleinen Fettpölsterchen neben den Trägern des Büstenhalters. Adèles Gerippe verfolgte ihn.

Matilda mit ihren fünfundzwanzig Jahren spielte die Femme fatale und war ein bisschen lächerlich, wie sie sich so möchtegern-verrucht an den Schreibtisch lehnte. Es war vollkommen still im Raum. Selbst das Möbelstück, auf das sie sich stützten, quietschte nicht. Sie selbst atmete kaum. Sie versuchte einiges, schien aber enttäuscht, dass eine verbotene Begegnung mit einem älteren und obendrein verheirateten Mann ihr nicht mehr Kitzel verschaffte. Es war sogar weniger spaßig als mit den Jungs an der Uni. Richard war nicht spaßig.

Sie hat ihren Kopf von einer Seite auf die andere geworfen. Sie hat die Augen geschlossen, Richard mit ihren wollüstigen Schenkeln umklammert. Er packte ihre Pobacken, hakte ihren Büstenhalter auf und bestaunte ihre weißen Brüste, doch es half alles nichts, er schaffte es nicht, zu kommen. Er hat sich langsam zurückgezogen, und als sie wieder auf der Straße waren, wollte sie nicht von ihm nach Hause begleitet werden.

»Ich wohne sowieso ganz in der Nähe.«

Er ist ins Auto gestiegen. Sein Kopf war jetzt wieder ganz klar. Unterwegs hielt er immerzu die Hände unter seine Nase, schnüffelte, ja, leckte sogar daran, doch sie rochen und schmeckten nach nichts anderem als Desinfektionsmittel.

Matilda hatte keinerlei Spuren hinterlassen.

Richard bringt sie zum Bahnhof. Adèle schaut aus dem Fenster. Der Tag bricht gerade erst an. Eine neblige Sonne streicht sanft über die Hügel. Keiner von ihnen erwähnt diese sonderbare Situation. Sie wagt nicht, ihn zu beruhigen, zärtlich zu sein, ihm zu versichern, dass sie keinerlei Fluchtpläne hegt. Richard ist erleichtert, dass der Moment gekommen ist, sie gehen zu lassen, sie, wenn auch nur für ein paar Stunden, die Freiheit kosten zu lassen.

Sie wird wiederkommen.

Auf dem Bahnhofsvorplatz sieht er ihr zu, wie sie, traurig und hinreißend, ihre Zigarette raucht. Er nimmt sein Portemonnaie und reicht ihr ein Bündel Geldscheine.

»Zweihundert Euro. Ist das genug?«

»Ja, mach dir keine Sorgen.«

»Wenn du mehr möchtest, sag es mir.«

»Nein, danke, das ist gut so.«

»Steck sie gleich ein, sonst verlierst du sie noch.«

Adèle öffnet ihre Handtasche und legt die Scheine in ein Innenfach.

»Also dann, bis morgen.«

»Ja, bis morgen.«

Adèle setzt sich auf den Platz am Fenster, entgegen der Fahrtrichtung. Der Zug fährt an. Im Abteil herrscht höfliche Stille. Alle Gesten sind gedämpft, die Leute halten beim Telefonieren die Hand vor den Mund. Die Kinder schlafen mit Ohrenschützern auf dem Kopf. Adèle ist müde, und die Landschaften draußen sind nur noch Farben, die aus dem Rahmen laufen, halb verwischte Zeichnungen, ein grauer Strom, ein Sickern von Grün und Schwarz. Sie hat ein schwarzes Kleid und eine etwas altmodische Jacke angezogen. Ein Mann setzt sich ihr gegenüber und grüßt sie. Die Sorte Mann, die sie mühelos ansprechen könnte. Sie ist nervös, verunsichert. Sie fürchtet nicht die Männer, sondern das Alleinsein. Von niemandem mehr beobachtet werden, unbekannt sein, anonym, eine Spielfigur in der Menge. In Bewegung sein und daran denken, dass die Flucht möglich ist. Nicht denkbar, nein, aber möglich. Hinter der Glastür am Ende des Waggons steht ein junges Mädchen. Sie ist höchstens siebzehn, hat lange, dünne Teenagerbeine und einen leicht krummen Rücken. Der Junge, der sie umarmt, hat seinen Rucksack nicht abgesetzt und erdrückt sie fast unter sich. Mit geschlossenen Augen und offenen Mündern lassen sie ihre Zungen unablässig umeinanderkreisen.

Simone hat sie gefragt, ob sie ein paar Worte zu Ehren ihres Vaters sagen wolle. Adèle hat geantwortet, dass sie das lieber nicht möchte. Tatsächlich weiß sie nicht, was sie über jenen Mann hätte sagen sollen, den sie kaum kannte.
Dieses Geheimnisvolle schürte ihre Bewunderung noch. Sie fand ihn dekadent, abgehoben, unnachahmlich. Sie

fand ihn schön. Voller Inbrunst sprach er über Freiheit und Revolution. Als sie klein war, zeigte er ihr Hollywoodfilme aus den Sechzigerjahren, wiederholte dabei immerzu, es dürfte keine andere Art zu leben geben als diese. Er tanzte mit ihr, und Adèle weinte beinahe vor Freude und Überraschung, als er sein Bein emporschwang, die Fußspitze kreisen ließ und zu Nat King Cole eine Pirouette vollführte. Er sprach Italienisch, zumindest glaubte sie das, und er erzählte, er habe mit den Tänzerinnen des Bolschoi-Theaters in Moskau Kaviar gelöffelt, als der algerische Staat ihn zum Studium dorthin geschickt hatte.

Manchmal, wenn ihn die Melancholie überkam, sang er ein arabisches Lied, dessen Bedeutung er ihnen nie enthüllte. Er wetterte gegen Simone, sagte, sie hätte ihn seiner arabischen Wurzeln beraubt. Er wurde wütend und ungerecht, schrie, er brauche das alles nicht, er könne alles hinschmeißen und woanders leben, alleine, an einem einfachen Ort, wo er sich von Brot und Oliven ernähren würde. Er sagte, er hätte gern gelernt, ein Feld zu bestellen, zu säen, die Erde umzugraben. Er hätte gern das friedliche Leben der Bauern seiner Kindheit geführt. Und manchmal beneidete er sie sogar, wie der Vogel, der erschöpft ist von einem langen Flug, die Ameise beneiden mag. Simone lachte, ein grausames, herausforderndes Lachen. Und tatsächlich ging er nie. Nie.

Gewiegt vom Rütteln des Zuges, sinkt Adèle in einen Dämmerschlaf. Sie schiebt die Tür des elterlichen Schlafzimmers auf und sieht das große Bett. Den Körper ihres Vaters, der daliegt wie eine Mumie. Die Fußspitzen zum

Himmel gerichtet, starr unter dem Leichentuch. Sie nähert sich, sucht die letzten Stückchen sichtbarer Haut: die Hände, den Hals, das Gesicht, die glatte, breite Stirn, die tiefen Falten in den Mundwinkeln. Sie findet die vertrauten Züge, den Weg seines Lächelns, die vollständige Landkarte der väterlichen Gefühle.

Sie legt sich aufs Bett, nur ein paar Zentimeter von dem Leichnam entfernt. Ihr Vater gehört ihr jetzt ganz allein. Dieses eine Mal kann er nicht entfliehen, das Gespräch nicht verweigern. Sie legt einen Arm unter ihren Kopf, schlägt die Beine übereinander und zündet sich eine Zigarette an. Sie zieht sich aus. Nackt neben dem Toten ausgestreckt, streichelt sie seine Haut, drückt ihn an sich. Sie küsst ihn auf die Lider und die eingefallenen Wangen. Sie denkt daran, wie schamhaft ihr Vater war, wie sehr es ihn vor der Nacktheit graute, seiner eigenen und der der anderen. Jetzt, da er hier liegt, tot, ihr ausgeliefert, kann er gegen ihre obszöne Neugier keinen Widerstand mehr leisten. Sie beugt sich über ihn und deckt langsam das Leichentuch auf.

Bahnhof Saint-Lazare. Sie steigt aus dem Zug und geht schnell die Rue d'Amsterdam hoch.

Sie haben alle Verbindungen zu ihrem früheren Leben abgebrochen. Ein radikaler, klarer Schnitt. Sie haben Dutzende Kartons voller Kleider von Adèle, Urlaubssouvenirs und sogar Fotoalben zurückgelassen. Sie haben die Möbel verkauft und ihre Bilder verschenkt. Am Tag ihrer Abreise haben sie ohne jede Nostalgie einen letzten Blick in die Wohnung geworfen. Sie haben der Vermieterin die Schlüssel zurückgegeben und sind im strömenden Regen losgefahren.

Adèle ist nie wieder in die Redaktion gegangen. Sie hatte sich nicht dazu durchringen können, ihre Kündigung einzureichen, und hat schließlich ein Schreiben bekommen, das Richard ihr unter die Nase gehalten hat: »Fristlose Entlassung wegen schweren Fehlverhaltens. Unentschuldigtes Fernbleiben vom Arbeitsplatz.« Sie fragen nicht nach, wie es ihren Freunden, ihren ehemaligen Kommilitonen und Kollegen geht. Sie erfinden Ausreden, damit niemand sie besuchen kommt. Viele haben sich über ihren überstürzten Aufbruch gewundert. Doch niemand hat versucht zu erfahren, was aus ihnen geworden ist. Als hätte Paris sie vergessen.

Adèle ist nervös. Während sie wartet, dass ein Tisch auf der Terrasse frei wird, raucht sie im Stehen und beobachtet dabei die Gäste. Ein Touristenpärchen erhebt sich, und Adèle schlängelt sich an deren Platz. Auf der anderen Straßenseite sieht sie Lauren kommen, die ihr winkt und dann die Augen niederschlägt, als wäre es in so einem Moment weder angebracht zu lächeln noch ihre Freude zu zeigen.

Sie reden über Adèles Vater, über die Beerdigung. Lauren sagt: »Wenn du mir eher Bescheid gegeben hättest, hätte ich mit dir kommen können.« Sie fragt, wie es Richard und Lucien gehe, erkundigt sich nach dem Dorf und dem Haus. »Also, was treibst du denn so in diesem Kaff?«, fragt sie und lacht hysterisch.

Sie beschwören Erinnerungen herauf, doch ohne rechte Überzeugung. Sosehr Adèle auch sucht, ihr Geist ist leer. Sie hat nichts zu erzählen. Sie sieht auf die Uhr. Sagt, dass sie nicht länger bleiben kann, dass sie ihren Zug nehmen muss. Lauren verdreht die Augen.

»Was?«, fragt Adèle.

»Du begehst den größten Fehler deines Lebens. Warum hast du dich dorthin verkrochen? Bist du glücklich als Hausfrau auf deinem Landsitz in der Provinz?«

Adèle ist erbost darüber, wie Lauren ihr immer wieder sagt, ihre Ehe mit Richard sei ein Fehler. Sie hat den Verdacht, dass nicht Freundschaft, sondern andere Gefühle sie dabei leiten. »Gib zu, dass du nicht glücklich bist! Nicht eine Frau wie du! Es ist nicht so, wie wenn du aus Liebe geheiratet hättest.«

Adèle lässt sie sich austoben. Sie bestellt sich noch ein

Glas Wein und trinkt es langsam. Sie raucht und nickt schweigend zu Laurens Vorwürfen. Als ihrer Freundin die Argumente ausgehen, schlägt Adèle mit kalter Präzision zurück. Sie ist selbst überrascht davon, wie sie Richards Tonfall nachahmt und genau die Worte übernimmt, die er üblicherweise gebraucht. Sie legt klare Argumente dar, drückt einfache Gefühle aus, gegen die ihre Freundin nichts in der Hand hat. Sie erzählt von dem Glück, eigenen Grund und Boden zu besitzen, davon, wie wichtig für Lucien die Nähe zur Natur ist. Sie lobt die bescheidenen, alltäglichen Freuden. Sie sagt sogar diesen Satz, diesen dummen und ungerechten Satz: »Weißt du, solange man selbst keine Kinder hat, kann man das nicht verstehen. Ich hoffe, dass du eines Tages erfährst, wie sich das anfühlt.« Die Grausamkeit jener, die sich geliebt wissen.

Adèle ist zu spät, aber sie geht langsam vom Bahnhof in Boulogne-sur-Mer zur Wohnung ihrer Eltern. Sie läuft durch die hässlichen, menschenleeren Straßen. Sie hat die Einäscherung verpasst. Sie hat eine ganze Weile bis zum Gare du Nord gebraucht, und ihren Zug nicht mehr bekommen.

Als sie an der Wohnungstür klingelt, öffnet niemand. Sie setzt sich auf die Stufe vor dem Hauseingang und wartet dort. Ein Wagen hält, Simone steigt aus, begleitet von zwei Männern. Sie trägt ein eng anliegendes schwarzes Kleid und einen Hut mit Schleier, den sie an ihrem Haarknoten festgesteckt hat. Sie hat sogar furchtbare Satinhandschuhe angezogen, die über ihren runzligen Handgelenken Falten werfen. Offenbar hat sie keine Angst, sich in diesem Aufzug lächerlich zu machen. Sie spielt die untröstliche Witwe.

Sie betreten die Wohnung. Ein Kellner stellt Tabletts mit Gebäck auf den Tisch, auf die sich die Gäste sogleich stürzen. Simone legt ihre Hand auf die Hände, die sich auf sie legen. Sie ergeht sich in haltlosem Schluchzen, ruft Kaders Namen, jammert in den Armen alter Männer, die der Alkohol und die Trauer ein wenig lüstern machen.

Sie hat die Fensterläden geschlossen, und die Hitze ist erstickend. Adèle hängt ihre Jacke über den alten schwarzen Sessel, dabei bemerkt sie, dass die Regale leer sind. Die Platten ihres Vaters sind verschwunden, in der Luft hängt noch der süßliche Geruch der Möbelpolitur, mit der Simone die Bretter abgewischt hat. Die ganze Wohnung wirkt sauberer als sonst. Als hätte ihre Mutter den Vormittag damit zugebracht, die Böden zu scheuern und die Bilderrahmen blank zu reiben.

Adèle spricht mit niemandem. Manche der Gäste versuchen, ihre Aufmerksamkeit auf sich zu lenken. Sie reden laut, in der Hoffnung, dass Adèle sich ihrem Gespräch anschließt. Sie scheinen sich zu Tode zu langweilen, scheinen einander schon alles gesagt zu haben und stellen sich gewiss vor, dass Adèle ihnen etwas Abwechslung bringen könnte. Ihre faltigen Gesichter, das Knacken ihrer abgenutzten Kiefer wecken in ihr eine tiefe Abscheu. Sie würde am liebsten die Augen schließen und sich die Ohren zuhalten wie ein schmollendes Kind.

Der Nachbar aus dem achten Stock starrt sie an. Er hat ein schmieriges Auge. Es sieht aus, als hinge eine Träne an seinem Lid. Dieser Nachbar, der so fett ist, dass Adèle Mühe hatte, sein Glied unter den Falten seines Bauches zu finden. Sein Glied, das schwitzte unter seinem Fett und glühte vom Scheuern der enormen Schenkel. Nachmittags, nach dem Gymnasium, ging sie zu ihm hoch. Er hatte ein Wohn- und zwei Schlafzimmer. Einen großen Balkon, auf den er einen Tisch und Stühle gestellt hatte. Und einen atemberaubenden Ausblick. Er setzte sich an den Küchentisch, die Hose zwischen den Knöcheln, und sie, sie betrachtete das Meer. »Siehst du die englische Küste? Man kann sie fast berühren.« Der Horizont war vollkommen glatt. Klar zu erkennen.

»Ist Richard nicht mitgekommen?«, fragt Simone, die ihre Tochter in die Küche schleift. Sie ist betrunken.

»Er konnte Lucien nicht allein lassen und sich nicht mitten in der Woche freinehmen. Das hat er dir doch am Telefon gesagt.«

»Ich bin eben enttäuscht. Ich dachte, ihm wäre bewusst, wie verletzend es ist, dass er nicht zur Beerdigung kommt. Ich wollte ihm viele Leute vorstellen, und das wäre die Gelegenheit dazu gewesen. Aber da er ja offenbar…«

»Offenbar was?«

»Seit Monsieur seine Klinik und sein großes Haus hat, scheinen wir für ihn nicht mehr gut genug zu sein. Dieses Jahr war er erst einmal hier, und da hat er die Zähne nicht auseinanderbekommen. Na ja, ich hätte es wissen sollen.«

»Hör auf, Mama. Er arbeitet hart. Das ist alles.«

Neben die Sammlung der Hotelbar-Streichholzschachteln hat Simone die Urne aus weißrosa Porzellan gestellt. Man könnte sie für eine große Keksdose oder eine alte englische Teekanne halten. In einer Nacht ist ihr Vater vom schwarzen Sessel auf das Wohnzimmerregal gewechselt.

»Ich hätte nie gedacht, dass Papa eingeäschert werden wollte.«

Simone zuckt mit den Schultern.

»Auch wenn er nicht religiös war, ist das in seiner Kultur doch… Du hättest das nicht tun sollen. Du hättest mit mir darüber reden können.« Sie beendet ihren Satz in einem unhörbaren Murmeln.

»Warum genau bist du hergekommen? Um mich anzumeckern? Um auch nach seinem Tod noch für deinen Vater Partei zu ergreifen? Du hattest sowieso immer nur für ihn etwas übrig. Für seine schwachsinnigen Träume, seine Spinnereien. ›Das große Leben!‹ Das Leben war nie groß genug für ihn. Ich sag dir was«, Simone kippt einen Schluck Gin runter und lässt die Zunge gegen ihren Schneidezahn schnalzen. »Unzufriedene Menschen zerstören alles um sich herum.«

Die Cromarganplatten sind geleert, und die Gäste kommen, um sich bei Adèle zu verabschieden. »Ihre Mutter muss sich jetzt ausruhen.« »Das war eine schöne Trauerfeier.« Alle werfen im Hinausgehen einen scheelen Blick auf die Asche des Vaters.

Simone ist auf dem Sofa in sich zusammengesunken. Sie schluchzt leise, die Schminke hat sich über ihre Wangen verteilt. Sie hat die Schuhe ausgezogen, und Adèle betrachtet ihre faltige, mit braunen Flecken übersäte Haut. Das an der Seite eingerissene schwarze Kleid wird von einer Sicherheitsnadel zusammengehalten. Sie weint und murmelt dabei eine unverständliche Klage. Sie wirkt schrecklich verängstigt.

»Ihr beide habt euch gut verstanden. Habt euch immer gegen mich verbündet. Wäre er nicht da gewesen, wärst du schon seit Jahren nicht mehr hergekommen, oder? Das achte Weltwunder. Adèle hier, Adèle da. Er wollte nur zu gern glauben, du seist immer noch sein liebes kleines Mädchen. Er nahm dich in Schutz. Zu feige, um dich zu bestrafen, um dir ins Gesicht zu sehen. Er sagte: ›Rede mit deiner Tochter, Simone‹, und schaute weg. Aber ich fall da nicht drauf rein. Der arme Richard, der merkt nichts. Er ist wie dein Vater, blind und naiv. Die Männer wissen nicht, wer wir sind. Sie wollen es nicht wissen. Aber ich, ich bin deine Mutter. Ich erinnere mich an alles. Wie du dich in den Hüften gewiegt hast, da warst du noch keine acht Jahre alt. Du hast den Männern den Kopf verdreht. Die Erwachsenen redeten über dich, obwohl du doch unsichtbar sein solltest. Sie sagten übrigens nichts Gutes. Du warst die Sorte Kind, die bei den Erwachsenen nicht beliebt ist. Du warst schon verdorben. Ein Unschuldsengel, eine Heuchlerin erster Güte. Du kannst gehen, weißt du. Ich erwarte nichts von dir. Und der arme Richard, der so nett ist. Den verdienst du nicht.«

Adèle legt die Finger auf Simones Handgelenk. Sie würde ihr gern die Wahrheit sagen. Sich ihr anvertrauen und auf ihr Wohlwollen zählen. Sie würde gern ihre Stirn streicheln, an der feine Locken kleben, wie von einem Kind. Als kleines Mädchen war sie für ihre Mutter eine Last, dann ist sie zu einer Kontrahentin geworden, ohne dass jemals Zeit gewesen wäre für eine liebevolle Geste, für Freundlichkeit, für Erklärungen. Sie weiß nicht, womit sie anfangen soll. Sie hat Angst, ungeschickt zu sein und dreißig Jahre Ärger und Verbitterung zum Ausbruch zu bringen. Sie will nicht Zeuge eines jener hysterischen Anfälle werden, die ihre Kindheit begleitet haben, ihre Mutter mit zerkratztem Gesicht, struppigen Haaren, die der ganzen Welt ihre Vorwürfe entgegenschleudert. Sie schweigt mit zugeschnürter Kehle.

Simone schläft ein, mit offenem Mund, benommen von den Beruhigungsmitteln. Adèle leert die Ginflasche. Sie trinkt einen Rest Weißwein, den ihre Mutter neben dem Herd hat stehen lassen. Sie öffnet die Klappläden und sieht aus dem Fenster, auf den leeren Parkplatz, den kleinen Garten mit seinem vertrockneten Gras. In der ärmlichen Wohnung ihrer Kindheit schwankt sie und stößt gegen die Wände. Ihre Hände zittern. Sie würde gern schlafen, die Wut, die sie erfüllt, ruhen lassen. Aber es ist noch hell. Der Abend hat gerade erst begonnen, und sie geht torkelnd hinaus. Sie hat einen Umschlag auf der Kommode in der Diele gelassen und die orangefarbene Schachtel mit der Brosche.

Sie fährt mit dem Bus ins Zentrum. Das Wetter ist schön, die Straßen sind voller Menschen. Touristen fotografieren einander. Junge Leute hocken auf dem Boden und trinken Bier. Sie zählt ihre Schritte, um nicht hinzufallen. Sie setzt sich auf eine Terrasse, in die Sonne. Ein kleiner Junge auf dem Schoß seiner Mutter pustet in seinen Strohhalm und macht Blubberblasen im Coca-Cola-Glas. Der Kellner fragt sie, ob sie auf jemanden wartet. Sie schüttelt den Kopf. Sie kann nicht hierbleiben. Sie verlässt den Tisch und betritt eine Bar.

Sie war schon mal an diesem Ort. Die Tische auf der Empore, der klebrige Tresen, die kleine Bühne im Hintergrund, all das kommt ihr bekannt vor. Was auch daran liegen kann, dass das Lokal unsäglich banal ist. Die Bar ist voller lärmender, ganz gewöhnlicher Studenten, die freudig ein bestandenes Examen und den Beginn der Semesterferien feiern. Sie hat hier nichts zu suchen und merkt, dass der Barkeeper sie misstrauisch ansieht, dass er ihre zitternden Hände bemerkt hat, ihren erloschenen Blick.

Sie trinkt ihr Bier aus. Sie hat Hunger. Ein Junge setzt sich neben sie. Ein magerer junger Mann mit freundlichem Gesicht. Seine Haare sind an den Seiten rasiert und oben lang und zurückgegelt. Er redet viel, aber sie hört kaum, was er sagt. Sie versteht, dass er Musiker ist. Dass er als Portier in einem kleinen Hotel arbeitet. Er erzählt auch von seinem Kind. Ein wenige Monate altes Baby, das mit seiner Mutter in einer Stadt wohnt, deren Namen sie nicht behalten hat. Sie lächelt, aber sie denkt: Legt mich hier, nackt, auf den Tresen. Haltet meine Arme fest, hindert mich daran, mich zu bewegen, drückt mein Gesicht auf die Bar. Sie stellt sich vor, wie die Männer aufeinanderfolgend, ihre Schwänze tief in ihren Leib hineinstoßen, sie vom Bauch auf den Rücken und wieder zurückdrehen, bis sie den Kummer vertreiben, bis sie die Angst zum Schweigen bringen, die sich in ihr verkrochen hat. Sie möchte nichts sagen müssen, sich anbieten wie diese Mädchen, die sie in Paris gesehen hat, mit ihren an die Schaufenster der Hostessen-Bars gepressten Kamelaugen. Sie wünschte, der ganze Gastraum würde auf ihr trinken, auf sie spucken, in ihre Eingeweide vordringen und sie herausreißen, bis sie nichts mehr wäre als ein Fetzen totes Fleisch.

Sie verlassen die Bar über den Hinterausgang. Der Junge dreht einen Joint und reicht ihn ihr. Sie ist euphorisch und verzweifelt. Sie fängt Sätze an, die sie nicht beendet. Sie sagt immer wieder: »Ich habe vergessen, was ich sagen wollte.« Er fragt sie, ob sie Kinder hat. Sie denkt an ihre Jacke, die sie auf dem Wohnzimmersessel hat liegen lassen. Sie friert. Sie sollte nach Hause gehen, aber es ist schon viel zu spät und die Wohnung scheint ihr viel zu weit weg zu sein. Sie würde sich niemals trauen, alleine zurückzugehen. Man müsste seinen ganzen Mut zusammennehmen, das Für und Wider abwägen, vernünftig sein.

Als Richard alles herausgefunden hatte, dachte sie sich, dass sie nun sicher hierher zurückkehren würde, in diese Stadt, in die Wohnung ihrer Eltern. Gedemütigt, mittellos und ohne Alternative. Sie erschauerte bei der Vorstellung, wieder am Ende des Flurs zu schlafen, Stunde um Stunde die heisere Stimme ihrer Mutter zu hören, die ihr Vorhaltungen machte, Erklärungen verlangte. Sie sah sich in ihrem Zimmer von der niedrigen Decke hängen, die Ballerinas, die an ihren Zehen baumeln, die blau-weiße Tapete, die ihr bis heute Albträume bereitet. Mit blauen Lippen, leicht wie eine Feder, würde sie über dem kleinen Bett hin und her schwingen, und ihre Schande wäre endlich ausgelöscht.

»Was?«

Dieser Junge muss unbedingt immerzu mit ihr reden. Sie nähert sich ihm, umarmt ihn, drückt ihren Busen an seine Brust, doch sie kann sich kaum aufrecht halten. Er fängt sie lachend auf. Sie schließt die Augen. Von dem Joint ist ihr schwindlig, und der Boden beginnt zu schwanken.

»Ich komme gleich wieder.«

Sie durchquert die Bar, atmet tief ein und aus. Auf der Toilette ziehen ein paar Teenager in engen Nylonröcken ihren Lippenstift nach. Sie kichern. Adèle streckt sich auf dem Boden aus und legt die Beine hoch. Sie hätte gern die Kraft, zum Bahnhof zu gehen, in einen Zug zu steigen oder sich davorzuwerfen. Mehr als alles in der Welt will sie zurück zu den Hügeln, zu dem Haus mit seinem schwarzen Fachwerk, der grenzenlosen Einsamkeit, Lucien und Richard. Sie weint, die Wange an die nach Urin stinkenden Fliesen gepresst. Weint, weil sie unfähig dazu ist.

Sie steht auf. Hält ihren Kopf unter den kalten Wasserstrahl. Im Spiegel sieht sie das Gesicht einer Ertrunkenen. Fahler Teint, hervorquellende Augen, blutleere Lippen. Sie geht zurück in die Bar, wo niemand sie bemerkt. Sie hat das Gefühl, in dichtem Nebel zu schweben. Ein paar leicht beschwipste Jugendliche haben einander die Arme über die Schultern gelegt und brüllen hüpfend den Text eines Liedes mit.

Der Junge tippt ihr auf die Schulter. Sie zuckt zusammen.

»Wo warst du? Alles ok? Du bist ganz blass.« Er legt sanft seine Hand an ihre eiskalte Wange.

Adèle lächelt. Ein weises, gerührtes Lächeln. Sie liebt dieses Lied. *You give your hand to me.* Sie fällt in seine Arme und gibt sich dem Rhythmus der Musik hin. Er spürt ihre hervortretenden Rippen unter seinen Fingern. Er hält sie fest an sich gedrückt und streicht ihr über die nackten Arme, um sie zu wärmen. Sie legt die Wange an seine Schulter, mit geschlossenen Lidern. Ihre Füße bewegen sich langsam, sie wiegen sich hin und her. Er nimmt ihre Hand, und sie öffnet die Augen, als er sie eine Pirouette drehen lässt und sacht wieder an sich zieht. Sie lächelt ihn an, erschauert, legt ihre Lippen an seinen Hals.

»*Well you don't know me.*«

Das Lied ist zu Ende. Die Menge schreit begeistert auf, als das nächste Stück beginnt. Die Leute strömen auf die Tanzfläche und drängen sie auseinander. Adèle tanzt mit geschlossenen Augen, die Hände im Nacken verschränkt. Sie senkt die Arme, streichelt ihre Brüste und lässt die Finger weiter hinunter bis in die Leiste gleiten. Dann hebt sie die Arme wieder, erfüllt vom immer schnelleren Rhythmus der Musik. Sie bewegt die Hüften, die Schultern, wirft den Kopf hin und her. Eine Woge der Ruhe erfasst sie. Sie hat das Gefühl, der Welt entrückt zu sein, einen Moment der Gnade zu erleben. Sie empfindet wieder dieselbe Freude wie früher als Jugendliche, wenn sie stundenlang, manchmal ganz allein, auf der Tanzfläche blieb. Schön und unschuldig. Sie war damals vollkommen unbefangen. Sie hatte keinen Sinn für die Gefahr. Sie war ganz in das vertieft, was sie tat, bereit für eine Zukunft, die sie sich strahlend ausmalte, erhabener, größer, aufregender. Richard und Lucien sind jetzt nur noch verschwommene Erinnerungen, unmögliche Erinnerungen, die sich vor ihren Augen langsam auflösen und schließlich ganz verschwinden.

Sie dreht sich um sich selbst, gleichgültig gegenüber dem Schwindel. Durch ihre halb geschlossenen Lider nimmt sie in dem dunklen Saal kleine Lichtpunkte wahr, die ihr helfen, die Balance zu halten. Sie möchte bis auf den Grund dieser Einsamkeit hinabtauchen, doch sie reißen sie davon los, ziehen sie zu sich heran, erlauben es nicht. Jemand packt sie von hinten, und sie reibt ihre Pobacken an seinem Penis. Sie hört die fetten Lacher nicht. Sie sieht die Blicke nicht, die die Männer einander zuwerfen, während sie sie herumreichen, von einem zum anderen, sie an sich drücken, sich ein bisschen über sie lustig machen. Sie lacht auch.

Als sie die Augen öffnet, ist der nette Junge verschwunden.

Er hat am Bahnsteig auf sie gewartet. Sie war nicht im Zug um 15:25 Uhr. Und auch nicht in dem um 17:12 Uhr. Er hat auf ihrem Handy angerufen. Sie ist nicht rangegangen. Er hat drei Kaffee getrunken, hat eine Zeitung gekauft. Er hat zwei Patienten zugelächelt, die einen Zug nahmen und ihn gefragt haben, auf wen er warte. Um neunzehn Uhr verlässt Richard den Bahnhof. Er bekommt keine Luft. Dass Adèle nicht da ist, macht ihn ganz kopflos. Nichts vermag ihn von seiner Angst abzulenken.

Er geht zurück in die Klinik, doch der Wartesaal ist leer. Es gibt keinen Notfall, der ihn auf andere Gedanken bringen könnte. Er sieht sich ein paar Krankenakten an, aber er ist zu nervös zum Arbeiten. Er kann sich nicht vorstellen, diese Nacht ohne sie zu verbringen, kann nicht glauben, dass sie nicht wiederkommen wird. Er ruft die Nachbarin an. Er lügt und sagt, es gäbe einen Notfall, sie müsse länger auf Lucien aufpassen.

Er geht zu dem Restaurant, in dem ein paar Freunde auf ihn warten. Robert, der Zahnarzt, Bertrand, der Geschäftsführer. Und Denis, von dem niemand so genau weiß, was er macht. Bisher hat Richard Cliquen gemieden. Ihm geht jeglicher Herdentrieb ab. Schon an der Uni hat er sich von den anderen Studenten eher ferngehalten. Er mochte den schlüpfrigen Humor nicht, der in den Pausenräumen der Assistenzärzte und Pfleger herrschte. Er mochte nicht hören, wie seine Kollegen damit prahlten, dass sie mit einer Krankenschwester geschlafen hatten. Er scheut bei den Männern diese billige und oberflächliche Kumpelhaftigkeit, bei der es immer um die Eroberung von Frauen geht.

Es ist sehr heiß, und seine Freunde erwarten ihn auf der Terrasse. Sie haben schon ein paar Flaschen Rosé getrunken. Richard bestellt einen Whisky, um aufzuholen. Er ist nervös, ungeduldig, gereizt. Ihm ist danach, Streit zu suchen, wütend zu werden. Aber seine Freunde bieten ihm keinerlei Angriffsfläche. Sie sind stumpf, fade, nutzlos. Robert redet über die hohen Nebenkosten seiner Praxis und zieht ihn als Zeugen heran. »Stimmt doch, dass man uns die Luft abschnürt? Oder, Richard?« Bertrand gibt in ruhigem, herablassendem Ton seinen Sermon dazu ab, dass ohne die notwendige Solidarität unser Sozialsystem hinfällig wäre. Und Denis, ja, der nette Denis wiederholt: »Im Grunde sagt ihr beide dasselbe. Ihr habt beide recht.«

Am Ende des Abendessens zittert Richards Unterkiefer. Der Alkohol macht ihn traurig und empfindsam. Am liebsten würde er weinen und die Gespräche abwürgen. Sein Handy liegt vor ihm auf dem Tisch, und er zuckt zusammen, sobald der Bildschirm aufleuchtet. Sie ruft nicht an. Er verabschiedet sich noch vor dem Digestif. Robert macht eine Bemerkung darüber, wie schön Adèle ist und dass Richard es nicht erwarten kann, nach Hause zu kommen. Richard lächelt, zwinkert ihnen verschwörerisch zu und verlässt das Restaurant. Er hätte diesem Plumpsack mit seinen dicken Lippen gern eine aufs Maul gegeben. Als wäre es ruhmreich, nach Hause zu gehen, um seine Frau zu besteigen.

Er fährt schnell auf der kurvigen, glatten Straße. Die Nacht ist warm, und das Gewitter in der Ferne lässt die Pferde unruhig wiehern. Er parkt, bleibt im Wagen sitzen und betrachtet das Haus. Die Fassade mit ihren verwitterten Fenstern. Die Holzbank und den Frühstückstisch. Die Hügel, in deren schützender Mulde sich das Haus verbirgt. Dieses Haus hat er für sie ausgesucht. Adèle muss sich um nichts sorgen. Er hat den klappernden Fensterladen reparieren lassen, hat zur kleinen Terrasse hin eine Lindenallee anlegen lassen.

Wie früher, als er ein kleiner Junge war, schließt er mit sich selbst Wetten ab. Er verspricht. Er schwört, dass, wenn sie wiederkommt, alles anders sein wird. Er wird sie nicht mehr allein lassen. Er wird das Schweigen brechen, das im Haus herrscht. Er wird sie zu sich holen, wird ihr alles erzählen und ihr dann zuhören. Er wird ihr nichts nachtragen, noch irgendetwas bedauern. Er wird so tun, als hätte er nichts bemerkt. Lächelnd wird er sagen: »Hast du deinen Zug verpasst?« Dann wird er von etwas anderem reden, und es wird vergessen sein.

Er will sich nichts vormachen, doch er ist sich sicher, dass Adèle noch nie so schön war wie jetzt. Seit sie Paris verlassen haben, hat sie diesen verblüfften, ungläubigen

Gesichtsausdruck, der ihren Blick feucht werden lässt. Unter ihren Augen liegen keine tiefen Schatten mehr, und sie sind größer geworden. Ihre Lider sind weit wie Tanzflächen. Nachts schläft sie ruhig und friedlich. Ein Schlaf ohne Geschichten und Geheimnisse. Sie sagt, dass sie von Maisfeldern träumt, von Wohnsiedlungen, von Kinderspielplätzen. Er wagt nicht, sie zu fragen: »Träumst du noch vom Meer?«

Er berührt sie niemals, doch er kennt ihren Körper in- und auswendig. Jeden Tag betrachtet er sie eingehend. Ihre Knie, ihre Ellbogen, ihre Fußgelenke. Adèle hat keine blauen Flecken mehr. Wie sehr er auch danach sucht, ihre Haut ist glatt und so blass wie die Mauern im Dorf. Sie hat nichts zu erzählen. Adèle stößt sich nicht mehr an Bettpfosten. Versengt ihren Rücken nicht mehr auf billigen Teppichböden. Sie versteckt keine Beulen mehr unter ihren Haarsträhnen. Adèle hat zugenommen. Durch den Stoff ihrer Sommerkleider erahnt er, dass ihr Po runder geworden ist, ihr Bauch schwerer, ihre Haut weniger fest, greifbarer.

Richard hat Lust auf sie. Die ganze Zeit. Ein heftiges, egoistisches Verlangen. Oft möchte er sich einen Ruck geben, die Hand nach ihr ausstrecken, aber er verharrt reglos, stumpf. Er legt die Hand auf sein Glied, wie man einem Kind den Mund verschließt, das losbrüllen will.

Dabei würde er gern an ihrem Busen weinen. Sich an ihre Haut klammern. Den Kopf in ihren Schoß legen und sich von ihr hinwegtrösten lassen, über seine betrogene große Liebe. Über das Kommen und Gehen der Männer, die auf ihr herumgetrampelt sind. Das widert ihn an, das verfolgt ihn. Dieses Hin und Her, das einfach nicht aufhören will, das sie nirgendwohin führt, klatschende Haut, schlaffe Schenkel, verdrehte Augen. Dieses Hin und Her, regelmäßig wie Schläge, wie eine unmögliche Suche, wie der Wille, einen Schrei zu entreißen, ein Schluchzen, das auf ihrem Grund schlummert und das alle Gefilde erzittern lässt. Dieses Hin und Her, das sich niemals nur auf sich selbst beschränkt, sondern immer das Versprechen eines anderen Lebens ist, das Versprechen möglicher Schönheit und Zärtlichkeit.

Er steigt aus dem Auto und geht zum Haus. Betrunken und mit einem leichten Übelkeitsgefühl setzt er sich auf die Bank. Er sucht ein Päckchen Zigaretten in seiner Tasche. Er hat keins. Er raucht immer ihre. Sie kann nicht gehen. Sie kann ihn nicht verlassen. Man betrügt nicht denjenigen, der einem verziehen hat. Er schluckt bei dem Gedanken, dass er das Haus allein betreten wird, dass er Lucien wird antworten müssen, wenn er fragt: »Wo ist Mami? Wann kommt sie zurück?«

Er wird sie suchen gehen, egal, wo sie steckt. Er wird sie zurückbringen. Er wird sie nicht mehr aus den Augen lassen. Sie werden noch ein Kind bekommen, ein kleines Mädchen, das den Blick seiner Mutter und das standhafte Herz seines Vaters erben wird. Ein kleines Mädchen, das sie beschäftigen wird, das sie wie verrückt lieben wird. Vielleicht wird sie sich sogar eines Tages mit ganz banalen Sorgen begnügen können, und er wird glücklich darüber sein, sterbensglücklich, wenn sie das Wohnzimmer neu einrichten möchte, wenn sie Stunden damit zubringen wird, eine neue Tapete für das Kinderzimmer auszusuchen. Wenn sie zu viel plappern und ihre Launen haben wird.

Adèle wird älter werden. Ihre Haare werden weiß werden, ihre Wimpern ausfallen. Niemand wird mehr einen Blick für sie übrig haben. Er, er wird sie am Handgelenk festhalten. Er wird sie mit aller Kraft ins Leben zerren. Er wird sie hinter sich herziehen, im Staub seiner Schritte, wird sie niemals loslassen, wenn sie Angst hat vor der Tiefe und Lust zu fallen. Und eines Tages wird er auf ihre pergamentene Haut, ihre rissige Wange einen Kuss hauchen. Er wird sie ausziehen. Er wird in der Vagina seiner Frau kein anderes Echo mehr hören als das des pulsierenden Blutes.

Und sie wird sich hingeben. Sie wird ihren bebenden Kopf an seine Schulter legen, und er wird das ganze Gewicht eines Körpers spüren, der Anker geworfen hat. Sie wird Friedhofsblumen auf ihm säen, büschelweise, und sie wird zärtlicher sein, wenn der Tod allmählich näher rückt. Adèle wird irgendwann zur Ruhe kommen. Und sie wird mit ihm schlafen, mit morschen Knochen und steifem Kreuz. Sie wird mit ihm schlafen wie eine arme Alte, die noch an die Liebe glaubt und die die Augen schließt und nichts mehr sagt.

Es hört nicht auf, Adèle. Nein, es hört nicht auf. Liebe ist nichts als Geduld. Eine devote, ungeheure, tyrannische Geduld. Eine unsinnig optimistische Geduld.

Das mit uns ist noch nicht vorbei.